HAYMON taschenbuch **139**

Gedruckt mit freundlicher Unterstützung
durch die Kulturabteilung des Landes Tirol.

Auflage:
4 3 2
2016 2015 2014 2013

HAYMON tb **139**

Originalausgabe

www.haymonverlag.at

ISBN 978-3-85218-939-0

Umschlag- und Buchgestaltung, Satz:
hœretzeder grafische gestaltung, Scheffau/Tirol
Covermotiv: Hintergrund: Original: Stadtarchiv/Stadtmuseum Innsbruck, Bi-354. Vordergrund: Kunsthistorisches Museum, Wien
Autorenfoto: Martin Geier

Gedruckt auf umweltfreundlichem,
chlor- und säurefrei gebleichtem Papier.

Jeannine Meighörner

Die Wolkenbraut

Das Leben der Philippine Welser
Ein historischer Roman

Jede gute Geschichte hat es verdient,
ausgeschmückt zu werden.
J. R. R. Tolkien

Jeannine Meighörner

Die Wolkenbraut

Für Wolfgang Ritter,
der die Welt retten wollte und ein Vorbild war.
Und für Günter Opp, den ich gerne gekannt hätte.

Zu diesem Buch

Im Prag des 16. Jahrhunderts begegnen sich zwei Menschen von skurriler Merkwürdigkeit:

Hofzwerg Thomele – der wohl kleinste Mensch seiner Zeit –, der es mit jedem aufnimmt, und die „Frau mit den schönen Nasenlöchern“. Gewachsen wie eine Birke und so geheimnisvoll, dass selbst Thomele lange nicht herausfindet, dass die Augsburger Kaufmannstochter Philippine Welser (1527–1580) seinem Herrn den Kopf verdreht.

Beide buhlen sie um die Gunst Ferdinands II., Vizekönig von Böhmen, später Erzherzog von Tirol. Er sammelt Kostbares und Kurioses aus aller Welt, wobei ausgerechnet der Winzling den Herrscher noch größer machen soll. So springt Thomele aus einer Pastete, umarmt Bären, ohrfeigt Riesen und neckt den Dogen von Venedig. Ohne den Kampf um Zuneigung zu gewinnen.

Die vermeintliche Mätresse wirkt im Stillen. Kennt jedes Kraut und rettet dem Zwerg das Leben. Als dieser hinter Philippines Geheimnis kommt, wächst er über sich hinaus, um sie zu schützen.

Dies ist die Geschichte zweier Außenseiter und ihrer Balance zwischen Kleinheit und Größe – von Thomele etwas freimütig erzählt.

Inhalt

Ein Zwerg wird nicht länger, wenn man daran zieht

Jetzt bin ich ein Ungeheuer. Ginge es nicht um mein Leben, wäre es amüsant.

In Innsbruck galt ich zuletzt weniger als ein krumm gelaufener Schuh. Ein eingewachsener Zehnagel war ich. Lästig. Ein schmerzhaftes Übel der Witwe meines Herrn. Ihre Bittprozessionen, ihren ganzen humorlosen Marsch ins Paradies habe ich gestört. Alles hässliche, ja, hassenswerte käme in diesem Thomele zusammen, hatte die Gonzaga geseufzt und ihre Augäpfel Richtung Himmel verdreht. So, dass nur noch das Weiße darin war. Sie hat in mir immer nur den Affen dieser Krämerstochter gesehen, wie sie ihre Vorgängerin Philippine jetzt ungeniert nannte.

Mein einziges Verbrechen ist, dass ich alt geworden bin. Überalterte Ware. Uns will man kinderärschig und hühnerknöchelchen-zart. So possierlich, dass die Verderbtheit der Menschen sich bei unserem Anblick in Gelächter entlädt.

Niemand möchte einen kahlköpfigen Kobold. Mein ramponierter Puppenkopf – ein Witz der Physiognomie mit allzu wissenden Augen: Kleingeister, Großtuer und viel zu viele schöne Frauen haben sie gesehen, ihre Schädel wie welke Tulpenkelche zu mir hinabgebeugt. Einst brachte es Glück, mich zu berühren.

Nun gilt es als Spaß, mich zu misshandeln. „Der Sensenmann hat dich übersehen, da helfe ich nach“, feixte jüngst ein Bursche mit einem Schäferstock auf mich eindreschend, nicht ahnend, dass ich unterm Mantel einen Degen trage. Dass ich gelernt habe, ihn zu führen. Nun hat er ein Loch im Wanst, von unten nach oben gestochen, flinker als ein Schafskopf schauen kann.

Doch es ist mühsam, die Langen zu unterrichten.

Sie sind noch hochmütiger, seit die Schätze der neuen Welt ihre Raffgier ins Unermessliche steigern und der neue Glaube sie gegeneinander aufbringt.

Seitdem hält man mich an einem namenlosen Ort gefangen und nach Schafsmist stinkendes Gesindel will mich richten.

Dabei hatten mein Begleiter Jost und ich die Mühsal des Bayrischen Waldes fast überwunden. In gedrückter Stimmung zwar. Den Giftbecher-Gustl hatte in Passau ein Schlagfluss dahingerafft, auf einer Straßenschönheit war er verschieden. Lange hatte er sich als Vorkoster meines Herrn bester Gesundheit erfreut, um sich am Nektar einer Frau zu vergiften.

„Speis und Trank des schleckigen Ferdinand II. von Österreich waren fad gegen eine bayrische Dirn", war das letzte, was Gustl hinausposaunt hatte. In Bischofsstädten stolzieren heute mehr geputzte Schlafweiber umher, als ein Meister Tizian Engelsputten malen kann. Salzburg das gleiche Sündenbabel.

Aus Innsbruck – kein Bischofssitz, aber voll selbstverliebter Heiterkeit – hat die fromme Ziege nun alle Sinneslust verbannt. Ihren Witwenleib hinter Klostermauern eingeschlossen. Das hätte sie nicht müssen. Was sollte die Gonzaga beichten? Wofür um Vergebung bitten?

Noch keine sechs Wochen nach der Vermählung hatte sie ihrem Gemahl ein Nebeneinander in „ehelicher Reinlichkeit“ empfohlen. Drollig der Versuch dieser Brackwasserente aus den Sümpfen Mantuas, einem mit allen Wassern gewaschenen Habsburger Enthaltsamkeit zu predigen.

Als Ferdinand sich weiter abgemüht hatte für den erhofften Sohn und legitimen Erben für Tirol, hatte die Gonzaga Rosenkranz gebetet. Unterdessen! Wieso ich dies weiß? Frage derartiges nie einen Thomele.

Nun ist es an der Zeit für einen Spaßmacher, sein Bündel zu schnüren. Land der Berge, Land der Rosenkränze, lebe wohl; Prag, du goldene Stadt, von deiner Freiheit einen Hut voll!

Schon Philippine hatte mich gewarnt, dass ein Zwerg immer wieder klein anfangen muss.

Nach Passau waren wir dem Goldenen Steig gefolgt mit dem Ziel, Böhmen vor Ostern zu erreichen. Was hier gülden sein soll, hatte ich mich ich in dieser feuchten Wurzelhölle gefragt, als ich meinem Pony vorangehen musste. Unsereins ist für Gewaltmärsche denkbar ungeeignet, macht Jost einen Schritt, macht Thomele drei. Bald fließt jeder Tropfen, der aus dir rinnt, nach Prag, die Wasserscheide zwischen Donau und Moldau, meiner Vltava, zum Greifen nah. Dann trug mir der Böhmwind heimatliche Gerüche zu, zog mich an den Nasenlöchern wie einen Ochsen weiter:

zu dampfenden Knödeln, zwergenkopfdick, zu Hechten, Brassen, Welsen, Rotaugen, Barschen und fett gefütterten Karpfen aus Böhmens unzähligen Teichen. Und zu meiner Mutter, deren Haar, zumindest die ewig feuchten Strähnen hinter ihren Ohren, immer gerochen hatten wie die Netze und Reusen, an denen sie ihre Finger zerstochen hatte. Ich folgte ihrem Geruch in mir. Nach Fischlaich mit einem Hauch von Maiglöckchen.

Eine Mutter, die man vermisst, riecht immer gut. Gut dreißig Jahre hatte ich ihren Duft nicht mehr gerochen.

An einer Tränke im waldigen Nirgendwo wollte dieser Prügelschäfer dann mein Leben rabiat verkürzen. Kurz scheint es allemal. Kaum im vierzigsten Jahr gleicht meine Fassade der eines Greises.

Doch nicht nur den seltsamen Puppengreis wollte er vernichten, auch unsere Pferde und prallen Satteltaschen hatten es ihm angetan. Jost führte Gustls Schecken als Handpferd mit, da mein kurzer Weißer nicht so viel tragen kann. Aus dem Gebüsch sprangen zwei Handvoll Wegelagerer wie Flöhe aus einem struppigen Hund. Gerade hatte ich den Prügelschäfer gelocht, als Jost ein Stock an der Schläfe traf und er vor meine Stiefel plumpste.

Man verschnürte einen Zwerg und einen halbtoten Mann mit Kälberstricken. „Stirbt unser Bruder, stirbt die Missgeburt und ihr Begleiter“, schrie das Gesindel. Einige mit dem scheelen Blick der Inzüchtler, die Vorlieben ihres Tales verratend. Mit Jost, dereinst Pastetenbäcker Philippines, wäre manches Welser'sche Küchengeheimnis verloren gegangen. Wer weiß heute noch, wie man einen Zwerg einbäckt, ohne dass er im Teig krepiert? Und wer weiß, wie man einen Erzherzog oder einen Erzhalunken am Leben erhält, wenn nicht ich?

So gab ich Anweisung, auf dass der Teufel den Prügelschäfer verschone:

„Nehmt Garn, näht das Löchlein zu und legt ihm ein Kraut auf, das indischer Hanf heißt. Gebt dem Bursch die getrockneten Blätter des Krautes in warmem Wasser zu trinken, so hat er süße Träume und spürt den Wundschmerz nicht. Zur Kräftigung gebt ihm acht Pfefferkörner zu kauen. Es muss aber weißer Pfeffer sein. Bekommt er hitziges Fieber, legt neunerlei Eisen in sein Lager. Es zieht die Hitze heraus."

Kaum erhob ich das Wort, stob das Lumpenpack zurück wie Ungeziefer vor dem Schein einer Kerze. „Eine Stimme wie ein Engel, ein Verstand wie ein Satan", so hatte mein Herr früher das Erstarren seiner Gäste kommentiert, die der Klang meiner Worte erschrocken hatte. Mein medizinischer Rat würde einmal mehr vor dem Wunder meiner Erscheinung verpuffen.

Nach Blicken, wie wenn man einer Kuh einen Knüppel auf den Schädel haut, schrie einer: „Der quiekt wie ein Ferkel."

„Nein, er gurrt wie eine Jungfrau", rief ein Zweiter.

„Dieses Ding steht mit dem Teufel im Bund", zischte ein Dritter unter einem mit Zobelpelz verbrämten Barett hervor. Sein Vorbesitzer, zweifellos ein Patrizier, hatte ihm dieses sicher nur ungern überlassen. Nach Kopfzier und Lautstärke der Anführer: „Der Gottesaff hat meinen Sohn abgestochen wie eine Sau. Der Himmel will, dass wir ihn richten!"

„Wollt ihr Diebe mir mit dem Herrgott kommen?", brach es aus mir heraus.

„Wir sind keine Diebe, nur Hirten und Pfenniggeiger. Doch wem zum Tanz aufspielen in Zeiten wie diesen? Jeder Groschen rollt nach Rom, damit die neue Peterskirche wächst und der Ablass den Segen bringt. Und bei den Lutherischen gibt es gar nichts zu fiedeln. Nun hat der Teufel dich ausgeschissen, um uns zu vernichten", raunzte Zobelbarett.

Bevor ich erneut protestieren konnte, stopfte er mir einen stinkenden Fetzen so tief in den Schlund, dass ich beinah erstickte, und warf mich in einen Viehkoben.

Im Halbdunkeln kauerte eine Gestalt inmitten von faulem Stroh und Kot. Sie angelte den Fetzen aus meinem Rachen und gab mir aus einem Wasserkrug zu trinken. Mein Atemretter stellte sich als Arbogast vor. Fürstbischof Eberhard von Dienheim hätte ihn aus Speyer vertreiben lassen. So hätte er sich vom Rhein zur Moldau aufgemacht, um im glaubensfreien Prag Geschäfte zu machen. Bis die Diebe ihm Pferd und Habe entrissen hätten.

Derweil beratschlagten die Inzüchtler mein Schicksal. Lauthals. „Hängen sollten wir ihn nicht, der fiept und zappelt wie eine grässliche Fledermaus“, sagte einer. „Geköpft zu werden verdient er nicht, das ist der Tod eines Edelmannes“, bläffte es. „Ein Scheiterhaufen käme teuer, schade um das Holz, noch ist der Winter nicht gebrochen“, gab einer zu bedenken. „Vierteilen! Rösser haben wir jetzt genug“, schrie einer. Ein Geistesblitz, der sich allen sofort erschloss, denn schon drängte das Unheil in den winzigen Koben.

Zobelbarett griff sich das Seilende und trug mich daran hinaus. Einarmig. Nicht die geringste Anstrengung im Gesicht. Nur Verachtung, als wäre ihm eine Ratte anstatt eines Hasen in die Schlinge gegangen. Er schleuderte mich durch die Luft. Lässig. Der Nächste und der Übernächste taten das Gleiche.

Es gab kein Oben und kein Unten mehr, hinter meinen Augen zuckten Blitze, jedes Geräusch war ausgelöscht und doch brach ein Sturm los, obwohl sich kein Lüftchen in den knospenden Baumkronen rührte.

Sie hatten Pläsier mit ihrem komischen Fang. Als ich auf ein Gesicht zuflog, klappte ein haariges Maul auf und in dessen scharlachrotem Schlund hüpfte das Zäpfchen. Du kannst das überleben, dachte ich. Ein Thomele hat schon anderes ausgehalten.

Dann war es lustiger, mich nicht mehr aufzufangen. Fliegen, stürzen, fliegen, stürzen. Ich schmeckte Blut.

„Narren, ihr verderbt euch ein Geschäft“, drang es dumpf an mein Ohr. Man zögerte im Wurf.

„Ein Zwerg ist kein Ball. Auch wird er nicht länger, wenn man daran zieht. Verkauft ihn!“ Der Stimme nach Arbogast. Schimpf mir einer auf die Protestanten.

„Ein alter Zwerg bringt weniger als ein Stein“, sagte Zobelbarett und hielt mich vor sein Gesicht. Betont angewidert. Ich sah verkrustete Augenwinkel, roch fauligen Atem.

„Ich wurde mit Gold aufgewogen“, blubberte ich.

Der Mundgeruch kam stoßweise, lachend. War so einem beizubringen, dass klein sehr groß sein kann?

Mit Verlaub, Zwerge verkauften sich gut, sofern sie Talent besäßen. Als Kaufmann käme er weit herum. Selbst Zwerge von offenkundiger Hässlichkeit. Kein Hof ohne Narr, kein Fürst ohne Taschenteufel.

Mit jedem Wort schob Arbogast seinen Kopf weiter aus dem winzigen Stallfenster, gleich einer Schildkröte, die ihrem Panzer entfliehen will. Sein Hals züngelte immer nachdrücklicher ins Freie.

Zobelbarett schlug ihm mit seiner linken Hand ins Gesicht. An seiner Rechten schwang ich gleich dem Pendel eines Wahrsagers. Dann zupfte er seine Kopfzier zurecht, die beim Zwergenmisshandeln in Schieflage geraten war. Nachdenklich.

Ich erkannte meine Chance.

Thomele: „Ich bin berühmt."

Zobelbarett: „Und hier ein Furz!"

Thomele: „Parliere deutsch, böhmisch, italienisch, etwas englisch."

Zobelbarett: „Lass hören!"

Thomele: „Muori, bastardo! Chcípni, ty hajzle!"

Zobelbarett: „Was heißt das?"

Thomele: „Ein langes Leben wünsche ich!"

Zobelbarett: „Deines ist vorbei!"

Thomele: „Stupid sheep breath."

Zobelbarett: „Und dies?"

Thomele: „Ich kann von Nutzen sein."

Zobelbarett: „Ach?"

Thomele: „Die Vogeljagd beherrsche ich, bin im Schach und beim Karteln ein Beutelabschneider."

Zobelbarett: „Beutelabschneiden tu ich auch."

Thomele: „Tanze zierlich, deklamiere Lieder, weiß Rätsel, die einen Dogen verblüfften."

Zobelbarett: Einen was?"

Thomele: „Den Herrn von Venedig, der Stadt im Meer."

Zobelbarett: „Wir sind im Wald!"

Thomele: „Kenne das Neueste aus Tirol, Wien, Prag, Dresden, Venedig ..."

Einmal mehr flog ich auf den Waldboden zu. Lehmiger Dreck und Buchenlaub verhinderten, dass ich zerbrach. Aus den Bruchstellen der Gewalt in meinem Kopf drangen Bilder, die ich vergessen glaubte:

Die Terrakottazwerge von Schloss Ambras standen vor mir Spalier; Meister Colin, der berühmte Kaisergrab-Colin, hatte einen auch nach meinem Antlitz geschaffen. Mein Herr hatte getobt, dass, kaum hatte er ihren Standort bestimmt, der lustige Tischrat Frank zerbarst. Wieso sollte ausgerechnet dieses Zotenmaul den Kräutergarten bewachen? Den Ort, der Philippine heilig gewesen war? Zwischen Frauenmantel, Beifuß und Engelwurz lag ihr wahres Paradies. Der Verdacht war nie auf mich gefallen. Meine alten Sünden ...

Dafür kam Zobelbarett nun wie das Jüngste Gericht über mich. Bei der Jagd bräuchte er keinen lärmenden Köder. Auch mache Adelsgewäsch nicht satt. Immer mehr Steuern hätten sie den Bauern abgepresst. Einmal nur hätte er aufgemuckt. Nun müsse er hausen wie ein Fuchs. Einen Sohn hätte der Wald ihm genommen, seinen Ältesten hätte ich auf den Tod verletzt. Ein Baum von einem Kerl, gefällt von einem Zwerg.

Und er wisse, wie unsereins die Tage verbrächte: mit Fressen, Saufen, Prahlen, Leute foppen. Wenn wir nicht unter den Röcken feiner Damen säßen. Für solche Missetaten trüge man uns auf seidenen Kissen herum. Was gäbe es Lustigeres, als so einem Adelszeck die Beinchen lang zu machen?

Erneutes Gejohle einem Posaunenstoß gleich.

„Meine tote Herrin hat mich jedes Kraut gelehrt. Für die Küche und fürs Überleben. Denk an deinen Sohn", brüllte ich in das Getöse, bevor ich die Besinnung verlor.

Kurzum: Noch bin ich an einem Stück und verdanke dieses Philippine, die vor fast genau sechzehn Jahren die Augen schloss.

Der von mir gelochte Prügelschäfer grinste dämlich, seit man mich einen Sud aus indischem Hanf für ihn bereiten ließ. Trank ohne Murren das bittere Gesöff. Was lob ich mir meinen Vorrat in den Satteltaschen.

Als ich seine Wunde mit vier Stichen schloss, zuckte er kaum unter der Nadel. Mit Eschenrinde verband ich ihn, Philippines Apothekerbaum hat schon manchen Narr gerettet.

Unter meinen Umschlägen ist auch Jost erwacht. Zobelbarett verpflichtete ihn zum Kochen. Perlen vor die Säue. Kennt das Gesindel doch nur rotzfarbenes Gerstenmus und, an guten Tagen, rotziges Mus mit Brocken.

Zu ihrer letzten Fresserei sollte ich singen. Singt man der Sau am Trog ein Kirchenlied? Nur eine Florentiner Karnevalsweise hielt ich dem Publikum angemessen.

Erneut erschraken sie, als ich meine Stimme erhob. Als ich den Dreck, das zerlumpte Elend, die schmatzende, furzende, hustende Jämmerlichkeit dieser Kreaturen zurückließ, um mich im hellsten Sopran in das Licht eines neuen Tages zu erheben:

„Ave, colore e sapore del vino,
inebriaci col tuo potere.
Benedetta sia la creatura prodotta
dal vino puro, alla tua presenza sia spensierata
ogni tavola.
Cazzo, cazzo!

Piacevoli il colore e il profumo,
delizioso, il sapore che lega la lingua!
Felice la pancia che riempi,
la gola che bagni, la bocca che risciacqui.
Cazzo, Cazzo!“

Obzwar die Inzüchtler gar keinen Roten trinken, wie der Text vermuten lässt, nur nach Schafspisse stinkendes Bier. Eine Wohltat, die Strophen mit Beschimpfungen zu würzen und wie ein Chorknabe dreinzublicken.

Auch Respekt habe ich mir verschafft. Überkommt einen Schafsköttel noch die Lust, nach mir zu treten, bekreuzigt er sich hinterher ein halbes dutzend Mal.

Treiben es die Grobiane zu toll, ich könnte sie vergiften.

Sechzig Tage habe ich Zobelbarett abgerungen. Hat er mich bis dahin nicht versilbert, gibt es einen alten, zähen Zwerg in Stücken. Viele meiner Art werden um ein ehrenwertes Begräbnis betrogen.

Selbst Arbogast will er zu barer Münze machen. Glaubensbrüder auf dem Weg nach Böhmen werden sich finden. Vermutlich Hugenotten. Seit der Bartholomäusnacht fliehen sie in Scharen aus Frankreich.

Unterdessen kämpft Arbogast für meinen Platz in seinem Himmel. Liest mir und Jost aus einer lutherischen Bibel vor, die er am Leib verborgen hatte. Sein sonniges Pfälzer Gemüt, in einem Rheinflecken namens Germersheim geformt, scheint über Mist und Menschenraub erhaben.

„Wer die Schnaken überlebt, kann jedem Blutsauger trotzen“, so seine Devise. Der Speyrer Bischof hat ein tapferes Herz aus seinem Rheinrom verjagt.

Neuerdings tue ich ganz bekehrt. Dafür lässt Arbogast mich meine Erinnerungen zwischen die ihm so kostbaren Bibelzeilen kritzeln. Denn schreiben muss ich!

Ich schulde es Philippine, der Welt ein wenig von mir und ein doppeltes von ihr zu berichten. Zweimal hielt sie mein Leben in Händen, zweimal gab sie es mir zurück. Nicht umsonst wurde ich ihr Schatten.

Mir hat sie auch ihre Aufzeichnungen anvertraut. Mir, dem Meister der Indiskretion, der Geheimnisschleuder, wohl wissend, dass ein Thomele nur schweigt, wenn er liebt.

Keine Hofschranze schöpfte damals Verdacht, als sie, die Großzügige, mir eine neue Joppe gab, in deren Futter sie die losen Blätter eingenäht hatte.

Wem hätte sie sonst noch vertrauen sollen? Die alte Loxan war verstorben und mein Herr auf Freiersfüßen. Insgeheim. So geheim, dass sich Philippine gerne mit dem Sterben beeilt hatte.

Seit jüngst auch mein Herr erlosch, hat es sich ausgeschwiegen. Schon überwuchert meine Lebensbeichte Gottes Wort wie wildes Fleisch.

Am 1. Buch der Könige setzte ich die Feder an. Dort, wo König Salomo droht, ein von zwei Müttern beanspruchtes Knäblein mit seinem Schwert zu zerteilen. Dessen Leib zwischen den Weibern aufteilen will. Und hat der alte König nicht gut geblufft, hat nicht die Mutterliebe gesiegt?

Die Kleinheit braucht einen Weisen, der ihre wahre Dimension ans Licht bringt. Mein König Salomo war Philippine.

Nun ist Thomele kein Schreiberling, doch würde es mich wundern, wenn meine Pikanterien die Leser gleichgültig ließen.

Arbogast schwor auf seine Heilige Schrift, für meine und für Philippines Geschichte in Prag einen Druckstock zu finden. Man grusle sich gerne vor Monstern und magischen Weibern.

Zwar hat die Gonzaga mit ihrem frommen Pomp und ihrer Weihwasserspritzerei manches erdacht, um bella Philippina vergessen zu machen. Die Rechnung aber ohne die Missgeburt gemacht, die sie hinauswerfen ließ.

Also, Herr Luther, ich hoffe, Ihr Papier ist gut. Todesangst und Zorn sind emsige Dichter!

Die duftschweren Gewölbe – meine Welt! Doch nicht nur die Welt eines dummen Dings, das einmal mehr der Mädchendressur am Stickrahmen entfloh.

Sie waren die fachmännisch gelagerte Vielfalt Gottes:

Chinesische Seide, Barchent, Brokat und englisches Tuch in Ballen, Pfeffer, Muskatnuss, Zimt, Anis und der kostbare Safran in Lederbeuteln. Weißer Zucker, Öl, Kapern und Stockfisch in Fässern. Korallen, Elfenbein, Perlmutt und Nürnberger Tand in Stroh gepolsterten Kisten. Perlen aus Venezuela, die dunklen Welser-Perlen, in mit Samt ausgeschlagenen Kästchen.

Auf den Behältnissen nicht das Familienwappen, die rotweiße Lilie. Nein, das Handelssignet der Welser-Vöhlin Gesellschaft eingebrannt – die Dreizackenkrone über dem Kreis, dieser nur fingernagelgroß.

„Der steht für das Erdenrund, das klein geworden ist, seit wir es beherrschen", sagte der Onkel. „Jawohl, Kaufleute beherrschten nun die Welt!", tönte er.

„Wir, die Fugger und auch der Mutter Vater, Philipp Adler aus Speyer, haben zwei Habsburger mit klingender Münze auf den Thron gehievt. Ein Fass ohne Boden ist des Kaisers Stuhl.

Karl V. müsste ohne unser Klingeling auf Eseln reiten, beschösse Sultan Suleiman aus Holzkanonen mit Eselsdung.

Nicht umsonst hat der Kaiser uns einen Adelsbrief ausgestellt. Man muss sich diesen Leuten unentbehrlich machen, darf aber nie ein Höfling sein. Vom Reichsapfel lässt sich nichts abbeißen. Selbst der Medici-Papst war ein Kaufmann."

Onkel Bartlmä. Obwohl er kaum schlief und träumend noch Zins und Gewinn addierte, ertrug er meine Neugier.

Vater hatte meine Besuche im Kontor am Rindermarkt verboten. Nur Schritte von unserem Haus entfernt, war die Flucht in Bartlmäs Reich der Wunder jedoch leicht.

„Dein Vater Franz will nicht halb so viel von den Geschäften wissen“, seufzte er. „Auch deine Brüder nicht. Das leichte Blut …“

An guten Tagen durfte ich auf seinem Schoß in dicke Bücher blicken, fast so geheimnisvoll, wie die Handelsschiffe, die er über den Ozean schickte. Das Rechnen hatte mir ein Schreibgehilfe beibringen müssen. Die Kniffe seiner Zunft wollte er der Nervensäge, die sein Gewand zerknitterte, selbst erklären: Wechsel, Maße, Gewichte, Geldwerte und die doppelte Buchführung schwirrten durch meinen Kopf, viel zu jung, um alles zu begreifen. Zeit, Profit, Risiko – Bartlmä verwaltete die Wirklichkeit.

Er sprach auch von unseren Kontoren in Antwerpen, Lyon, Madrid, Nürnberg, Sevilla, Lissabon, Venedig, Rom, Santo Domingo in der neuen Welt und überall, wo gutes Geld zu verdienen war.

Seine Stimme vibrierend vor Stolz. Wie eine Seidenraupe erschien er mir dann, deren Fäden die Erde umspannten, um auf dem Schemel, auf dem wir beide mehr schlecht als recht saßen, zusammenzulaufen. Schloss ich die Augen, sah ich den alten Mann spinnen. Netze der Macht und Netze des Wohlstandes, die auch mich, seine Lieblingsnichte, umhüllten.

Prag 1565

Nasenlöcher

Nur zu genau erinnere ich mich an die Nase dieser Frau, die alles verändern sollte. An den Tag, der alles umwälzen sollte.

Er roch nach Kirschblüten und den Gewändern weit gereister Menschen, die vor Aufregung schwitzten.

Mit einer Arschparade begann er. So nannten wir dies, wenn sich mir nur Hinterteile darboten. Sie drängten in das Arbeitszimmer meines Herrn.

Die Delegation aus Alcalá de Henares beugte sich nach vorne. Tiefer als es ihrer Hoftracht und Würde zuträglich erschien. Die schweren, schwarzen Roben ächzten. Spanier ließen nicht für Demutsgesten schneidern. Noch waren sie die Herren der Welt. Wieso diese unbequeme Pose? Die Verbeugung galt mir. Mir allein, obwohl die Besucher mich noch gar nicht sahen. Nicht sehen konnten. Auch war es keine Demut, die die Schwarzröcke verbog: Zum Zwergengaffen war man angereist. Nähte krachten, Wirbel knackten, Winde zischten.

„Er geht in meiner Streusandbüchse spazieren", so hatte mein Herr mich den Spaniern angekündigt.

Bei allem Respekt, habe man sich verhört? Der Weg nach Böhmen sei weit, die Prager Burg erfüllt von Baustellenlärm. Und kein Zwerg der Welt sei so klein.

Weitere Zweifel verstummten unter Ferdinands Zeigefinger auf seinen Lippen. Mein Herr war ein „Darüberhinaus", gewohnt, alles Leben mit einem Fingerzeig anzuhalten. Bei nur mittlerer Statur voll vom Brausen eines großen Mannes. Nun sollte sein Stumpen ihn noch größer machen. Ungesehen.

Mit einem weiteren Fingerzeig dirigierte er die Spanier vor seinen Schreibtisch. Darauf eine quadratische Kassette, unterarmlang, die besagte mit Quarzsand befüllte Büchse und ein Tintenfass enthielt. Hauchdünn getriebenes Silber ornamentiert mit Wassernixen. Aus dem Kassettendeckel schoss ein Blutstrahl empor, helles Arterienblut. Aus der Nähe formte sich das Blut zu einem Korallenzweig, woraus ein Neptun geschnitzt worden war. Strammschenkelig eine zweiköpfige Riesenschlange durch die Gischt lenkend. Sein Blick übellaunig. Seine Bewaffnung, ein Dreizack aus Elfenbein, gegen die Betrachter gerichtet. Hebt ihr den Deckel, verliert ihr das Augenlicht, so die Botschaft.

Doch die Spanier hatten keine Augen für eine Skulptur, wie sich kaum eine zweite findet. Für ein Wunder war man angereist. Von einem zornigen Neptun verteidigt, wollte man dieses zumindest hören. So beugten sie sich über den Korallengott wie Krähen über einen elenden Wurm. Verharrten in dieser Pose. Lauschten und litten, die feinen Damen und Herren aus Kastilien.

Mich zu verstecken, war nur eine Variante meiner Inszenierung. Immer Verrückteres ersann mein Herr. Nun, die Arschparade war mir lieb. Wurde meine Gesundheit doch zu Lasten des Publikums geschont.

Unter uns: was wollte die spanische Verwandtschaft meinem Herrn gerade jetzt bieten? Selbst die Fugger und die Welser wären am Bankrott des frommen Philipps II. fast verblutet. Ging in seinem Weltreich die Sonne nie unter, waren auch seine Gläubiger immer wach.

Natürlich haben auch andere Sammler mich besichtigt. Johann III. von Portugal und Maria Stuart von Schottland schickten Gesandte. Elisabeth, die so genannte Jungfer auf dem englischen Thron, sandte einen Geodät und Kartenmaler über die Nordsee. So, als wäre ein Zwerg eine Insel. Im Tower aufgewachsen, sei Misstrauen ihr tägliches Brot, hörte man munkeln. Mein Herr hätte sie heiraten sollen, hat aber zurückgezogen. Sicherlich hätte sie auch ihn kartographieren lassen – mit spitzem Messzirkel und eisigen englischen Fingerspitzen. Selbst Suleiman der Prächtige soll in seinem Reich zwischen Afrika, Orient und Okzident keinen wie mich besessen haben.

Dabei scharten alle Großtuer dekorative Kleinheit um sich. Doch keiner besaß einen Thomele: kein rachitisches Kind, keinen in einem Käfig gezüchteter Hänfling, der aufschoss wie Spargel, wenn man das Gitter um ihn zerbrach. Kein Gnom mit einem Kohlkopf zwischen den Schultern, einem Buckel, krummen Beinen und einem Kürbisbauch, dessen Unbeholfenheit alle Höfe belustigte. Katharina von Medici besaß Neunerlei davon und Friedrich der Weise von Sachsen hielt ein Dutzend in einer Menagerie mit Mohren und Affen.

Ich war der Winzling im Kabinett der Absonderlichkeiten:

Bei schöner Gestalt kaum vier Spannen hoch, reichte bis zum Knie des Riesen Giovanni Bona, wog nie mehr als fünfundzwanzig Pfund. War der kleinste Maßstab im Wettbewerb gegenseitigen Überbietungseifers, von Fürst zu Fürst, von Hof zu Hof.

„Eine Muckeschisse“, wie es aus Giovannis Baumstammbrust tönte, der in Riva del Garda zur doppelten Mannsgröße aufgeschossen war. Mein Mückenhirn jedoch voll Schalk und mancher Begabung, während der Riese gar nichts konnte, außer ein Riese zu sein.

Mich hat der Schöpfer am Abend des siebten Tages erschaffen. Ein Liebhaberstück in Festtagslaune, eine Wiedergutmachung für die Narren im Paradies. Ein Menschlein voller Präzision und Anmut. Gleich der Erfindung eines Martin Behaim, der alle Länder, Ozeane und Wunderwesen darin auf einer bemalten Kugel vereinte. Kaum einer benötigte so etwas, aber jeder wollte es besitzen.

Der Zwergenagent, der mich beschafft hatte, hatte nie mehr solche Fortüne.

Auch diese Spanier nicht, deren Besuch ich nun zu Ende erzählen will. Ein Gesandter des Erzbischofs von Toledo unter ihnen. Noch verbarg ich mich unter dem Schreibtisch meines Herrn, während der Unmut vor der Streusandbüchse wuchs.

Nun sollte ich unter die Röcke der Damen huschen. Geriet jedoch unter die Sutane des Gottesmannes.

Dessen Altmännerschritt verriet sofort, dass es auch der spanischen Kirche am Nötigsten fehlte. Behutsam hob ich das klerikale Gewand. Ein Luftzug am nackten Hintern alarmierte den Entblößten. Einem Fußtritt ausweichend, stob ich zwergenflink hervor, krähte meine Entdeckung heraus.

Mein Herr und sein Oberstkämmerer Ladislaus von Sternberg schüttelten sich vor Lachen, während die Besucher im harten Stakkato protestierten. Spanier scheinen nicht zum Humor geschaffen. Düster wie ihre Roben ist ihr Gemüt.

So vergingen meine Tage mit Unverschämtheiten, die man mir beigebracht hatte.

Noch im Knabenalter hatte mein Körper mit dem Wachstum abgeschlossen. Eine Frage des Willens und einer glücklichen Veranlagung. Die gesparte Blühkraft meiner Glieder ließ meine Sinne umso schneller reifen. Alles schien Thomele zu sehen, zu hören, zu riechen und zu begreifen. Lang zu werden, meine Energie in großknochiger Tollpatschigkeit zu vergeuden, kam mir nie in den Sinn.

Trotzdem schien mein Herr nie zufrieden. Ließ verbreiten, ich sei schon ein Jüngling und schlief immer noch in seiner alten Säuglingswiege. Eine Lüge, recht nah an der Wahrheit, nur dass ich in irgendeiner Wiege neben seinem Lager ruhte. Jede Nacht, Atemzug für Atemzug. Kein Gedanke, seine Gunst zu verlieren. Womit wollte er einen Thomele ersetzen?

Dann kam sie: die Frau mit den schönen Nasenlöchern.

In diesen Gesichtshöhlen lese ich wie in einem Buch. Ist es doch dies, was unsere Statur uns als Blickfang aufnötigt.

Je höher die Langmenschen ihre Köpfe tragen, je geckenhafter sie die Nasen recken, umso genauer studiere ich sie. Gott blies Adam den Lebensodem nicht umsonst in den Zinken. Was Münder und Gesten verschweigen, verraten Nasenlöcher. Selbst der abgefeimteste Blender verrät sich bei Thomeles Naseninspektion.

Es gibt spitze, runde, ovale, sichelförmige, dreieckige, flatterige, nervöse, feinfühlige, erstarrte, großspurig aufgeblähte, in vieler Hinsicht unsymmetrische, adrige und rotzige Exemplare. Manche so haarig, als ob ein Tier darin wohnt, manche schnauben wie ein Gaul, manche sind ausgestanzt wie Gebäck aus einem Teig.

Die Nasenlöcher dieser unbekannten Frau verrieten, dass sie mehr wusste, als sie sah. An der Nasenwurzel rund und kindlich, ein friedlicher Ententeich. Lebendige Nüstern an den Spitzen zu Sicheln verjüngt. Geruchsschlitze, die der Schöpfer nicht ohne Absicht schuf. Ein Riechorgan zwischen Poesie und Waffe. Wohlgeformt zur Tarnung seiner Gefährlichkeit.

Dieser Nase entging nichts: kein Wetterwechsel, kein Kraut in einer Speise, keine Magd, die heimlich ein Kind trug, auch nicht der Duft der Geliebten im Bart eines Mannes. Nasenlochphilosoph Thomele war gewarnt.

Mein Herr hatte am Abend im Freien zum Tanz geladen. Bei jedem lauen Lüftchen trieb es ihn hinaus, verlagerte er den Hofstaat außerhalb der Burg, in die bei schlechter Witterung Regen und Schnee eindrangen. Weg vom Staub der Bauarbeiten, den Wirtschaftsräumen, den Stallungen und Abtritten, die den Hradschin bei falschem Wind in einen gigantischen Misthaufen verwandelten. „Unsere feinen Herren stinken direkt zum Himmel", hieß es unten in der Stadt.

Inmitten dieses geruchvollen Entstehens und Vergehens tastet sich der Sankt-Veits-Dom empor, seine Türme wie Spalierobst an Gerüsten geführt. Die ewige Baustelle Gottes. Seit Unzeiten schon raubt sie jedem Höfling, sofern nüchtern, die Ruhe. Sicher auch dem heiligen Wenzel, über dessen Gebeinen sie rumort.

Die Gärten um das einstige Lustschloss seiner Mutter waren das Spielzimmer meines Herrn. Rund um das Belvedere hatte er zusätzliche Wasserleitungen, Fischteiche und Fontänen bauen lassen, wobei der singende Brunnen alles übertraf. Melodisches Plätschern, nein, Engelsgeflüster für den König dieses Ortes. Auch Beete wurden nach seinen Wünschen mit exotischen Blumen und Sträuchern befüllt. Mit seinem schiffskielartigen Dach glich der Belvedere einer Barke, die kieloben zwischen Seerosen trieb.

Schon Kaiser Ferdinand I. hatte das Lusthaus seiner Gemahlin Anna Jagiello von Böhmen und Ungarn geschenkt. Die Eltern meines Herrn waren sich herzlich zugetan gewesen. Ein nicht vorgesehener Glücksfall der hausinternen Heiratspolitik. Ein fruchtbarer obendrein. Beim fünfzehnten Kindbett war die kluge Frau mit den Eulenaugen fiebrig verglüht für eine weitere Weltherrschaft des Blutes. Man würde Tochter Johanna mit einem Medici vermählen. Ein strategisch brillanter Schachzug, nicht ohne Tragik. Auch sie würde im Kindbett sterben, von ihrem Gatten betrogen obendrein. Möge der Leser dem Kenner aller Habsburger Nasen- und Schlüssellöcher diese Ereignisvorschau verzeihen.

Schon im vorherigen Sommer war der Kaiser Anna Jagiello in den Tod gefolgt. Fiebrig von seinen starren Prinzipien – fiat iustitia, et pereat mundus – sollte die Welt nur untergehen, um Gerechtigkeit zu schaffen. Nun wollte der in Wien verstorbene Monarch neben seiner Gattin ruhen. Im Veitsdom.

So tüftelte der Kaisergrab-Colin am Grabmal, türmte inmitten des Kirchenschiffes Marmorengel über Marmorengel auf für ein würdiges, wenn auch wenig intimes Liebesbett.

Mein Herr war der Zweitälteste dieses braven Ehemannes. Wenig nach dem Vater geraten, dessen Namen er trug. Weder treu, noch grüblerisch.

Ganz der Urgroßvater jedoch, der prächtige Kaiser Maximilian I. Das Leben war für ihn ein Kräftemessen, eine Buhlschaft, eine durchtanzte Nacht, ein Waidmannsheil, ein zerbeulter Harnisch, ein einziges Fest bei leeren Taschen. Nur der Sockel des vorletzten Ritters, wie mein Herr sein Vorbild nannte, sich in seine Tradition einreihend, war zu hoch für einen Zweitgeborenen. Man ahnt auch hier die Tragik.

Prag jedoch war unter meinem Herrn aufgeblüht. Als Statthalter und Vizekönig von Böhmen hatte er zwanzig Jahre lang den einheimischen Adel und die linkisch beäugten Habsburger einander näher gebracht. Nicht schlecht geherrscht, viel Licht verbreitet und sich verströmt.

Ein Souvenir seiner galanten Abenteuer sogar anerkannt. Diese Tochter Veronika mit dem Namen des ausgestorbenen Südtiroler Geschlechtes von Villanders ausgestattet und dem Stadtrichter Tobias Hoschegg von Adlersberg auf der Prager Kleinseite zur Aufzucht übergeben.

Deren Mutter erwähnte er nicht einmal im Schlaf. Obwohl ich Alena, die Witwe von Lacek von Štramberk dahinter vermute. Oder etwa Veronika von Lipá – dem Namen nach? Ihre Spezialität war, dass sie in den Armen meines Herrn miaute. Die rollige Katze hatte auch den Wiegenzwerg häufig um den Schlaf gebracht.

Wurde die Schönheit und Zutraulichkeit der Pragerinnen nicht in ganz Europa gerühmt? Die Keuschheitskommission seines Vaters, der die Schönen der

Nacht verdammt hatte, war Ferdinand kein Stirnrunzeln wert.

Auch an fürstlichen Bräuten litt mein Herr keinen Mangel. Sein Vater hatte ihn am internationalen Heiratsmarkt gehandelt. Erwartungsfroh.

Nach der englischen Jungfer hatte man ihm Maria Tudor, dann Maria Stuart, dann die Tochter Karls V., seines Onkels, und schließlich die Witwe des portugiesischen Kronprinzen Johann zuführen wollen. Sogar eine Tochter des Franzosenkönigs, des ärgsten Territorialfeindes, war nach diplomatischem Gefeilsche im Angebot.

Aber was tat mein Herr? Erklärte beharrlich, sich nicht verheiraten zu wollen. Keine Braut erschien ihm strahlend noch reich genug, um sich an die Kette legen zu lassen. Beharrlich hatte er auch den Zorn seines kaiserlichen Vaters ausgehalten. Ein Bonvivant fern jeder Heiratspolitik.

Hatte man aber Ferdinands Wohlwollen gewonnen, pflanzte er einem das Fest des Lebens ein. Kein schlechter Umgang für einen Zwerg, der jedes Mittelmaß hasste.

Zwar war mein Herr nur mittelgroß. Setzte jedoch alles daran, ein Herkules zu sein. War etwas vierschrötig geraten bei großer Körperkraft. Von Jagdstrapazen und ritterlichem Exerzitium gestählt. Manche Anekdote eilte ihm voraus: er könne eine Turnierlanze einhändig schwingen und hätte einen vierspännig gezogenen Wagen allein mit seiner Armkraft aufgehalten. Dummes Zeug, sagt der Zwerg.

Ferdinands Augen waren von einem Novembergrau, das auch Unsereins kaum durchdringt. Das Gesicht länglich bei hoher Stirn. Die Haut milchig, Haare und Bart rötlich. Die Gesichtszier getrimmt, doch lang genug, um den knabenhaften Zug um seinen Mund zu kaschieren. Dieser lustbetont nach dem Familienerbe.

Auch Ferdinand von Österreichs Riechorgan war ein Requisit seiner Abstammung, langkantig und an der Wurzel mit dem prägnanten Knick, den Dürer schon beim Kaiserurgroßvater festgehalten hatte. Eine Habsburger Adlernase, die länglichen Nasenlöcher messerscharf. Speerspitzen eines soldatischen Wesens, das nicht nur geachtet, sondern auch gefürchtet sein wollte, sagt der Kolbenphilosoph.

Was es Ferdinand an Liebreiz mangelte, machte seine Erscheinung wett. Mannhaft war er, tollkühn. Der teuerste Zwirn, die neueste Rüstung gerade gut genug. Die besten Plattner zwischen Böhmen und Augsburg hämmerten, trieben leichte, aber stabile Stahlblechplatten, ätzten, ziselierten und feuervergoldeten seinen Auftritt. Das Turnierbuch meines Herrn war prall gefüllt. Seine Schlafweiber zahlreich, sein Riese schrecklich, Thomele winzig. Es war nicht billig, ein Herkules zu sein.

Das Wesen meines Herrn war dabei nicht ohne Heiterkeit. Gut gelaunt, nahm er jeden für sich ein. Ein Galan und Lebemann. Geschmeidig, konziliant, nicht verharzt in steifer Förmlichkeit.

So behände wie er tanzte und sang, parlierte er. Außer dem Deutschen und dem Tirolerischen sprach er das Böhmische geläufig. Auch italienisch, lateinisch und polnisch waren ihm nicht ganz fremd. Sein Geist rege. Voller Neugier für Kunst, Geschichte und Meisterleistungen des Handwerks.

Alles Herausragende und Formvollendete ließ Ferdinand ausspionieren und herbeischaffen. Selbst aus China und der neuen Welt. Nur gut, dass die spanische Weltreich-Verwandtschaft bei mancher Beschaffung assistierte. So gelangte Wunderding um Wunderding nach Prag.

Nun hatte der Vaterkaiser testamentarisch verfügt, sein Zweitgeborener solle über Tirol und die Vorlande herrschen. So viel Starrsinn gehört ins Gebirge, mag er gedacht haben. Mein Herr war entzückt. Schön sei die Gamsjagd und behütet das enge Tirol. Da Linz und Wien während der Türkengefahr mit offenen Flanken dagelegen hatten, hatte er Jahre seine Kindheit in Innsbruck verbracht.

Schon treidelten Umzugskisten den Inn hinauf. Zwei Knappen, die einen Transport von Rüstungen von Linz bis nach Innsbruck begleitet hatten, prahlten, deren Gewicht hätte 347 Zentner und 27 Pfund betragen.

Ob er bis zur Neuordnung des Reiches noch in Prag verharren könne, fragte der neu gewählte Kaiserbruder Maximilian II. an. Verharren? Wie im Rausch würde mein Herr seinen letzten böhmischen Sommer genießen.

Deshalb also war der Garten seiner Mutter einmal mehr mit Gästen angefüllt.

Darunter die Frau mit den schönen Nasenlöchern, die meinen Blick gefangen hielt. Ihr Tanzkleid aus weißem Atlas. Ein Unschuldslamm. Ein falsches, sicherlich. Gut, sie war ansehnlich: groß, ohne kuhknochig zu sein, ein griechisches Profil, hohe Stirn und sehr blond, doch das waren sie alle. In ganz Böhmen war keine Brünette mehr zu finden. Selbst in Italien nicht. Perückenmacher und Haarbleicher lebten wie Könige.

Die schönen Nasenlöcher verschwanden im Buschwerk. Allein. Deren Besitzerin zerrieb Buchs, Eiben, Zypressen und Lorbeer sachkundig zwischen ihren Fingerspitzen, bevor sie ihr Riechorgan neugierig darüberhielt.

Erspähte dann die roten und gelben Tulpen, die man teuer aus Konstantinopel beschaffen ließ. Stieß ihren Zinken mehrmals tief in deren fleischigen Schöße, wohl verblüfft darüber, dass so große Kelche einen eher bescheidenen Duft verströmten.

Glöckchengeläut schreckte die Geruchsdiebin auf. Der Tanz begann. Nicht irgendein Tanz. Mein Herr hatte zum Mummenschanz geladen. Wie sein Urgroßvater liebte er Verkleidungen, Maskenspiele und mythische Ballette. Für heute war ein Wasserballett angekündigt. Schon goss die Dämmerung Gallapfeltinte über die Hecken und Blumenbeete aus.

Vier Göttinnen und vier Wassernixen formierten sich zu einem Reigen. Ihre Gesichter von Masken verhüllt. Kolossale Körper verrenkten sich zu italienischer Musik, von antiken Gewändern und Schleiern umspielt. Mit Fackeln in den Händen taumelten die Figuren, Leuchtkäfern gleich, durch die hereinbrechende Nacht, mühsam darauf bedacht, ihre Perücken nicht zu entzünden. Ihre Verneigung vor den anwesenden Damen wurde mit Gekicher goutiert. Gab nicht jede Bewegung muskulöse Unterarme, grobe Gelenke und haarige Waden frei, woran manche den Gatten oder Liebhaber erkannte? Insgeheim hatte mein Herr dieses Wasserballett mit acht Herren des böhmischen Adels besetzen lassen. Niemand war sicher vor seinen Travestien.

Schon forderten die ungelenken Wesen einige Zuschauerinnen zum Tanz auf, die Frau mit den schönen Nasenlöchern unter den Auserwählten.

Doch – welche Blamage – ihr Riechorgan war von dunklem Tulpenstaub bestäubt und in ihrem Haarnetz, das ihr lockiges Blond kaum zu bändigen vermochte, hatte sich ein Eibenzweig verfangen. Souvenirs ihres Geruchsausfluges. Beim Tanz wippte das Zweiglein musikalisch im Takt. Die Unbekannte hielt die Augen gesenkt, ihre geröteten Wangen verrieten Verlegenheit, obwohl sie von ihrer lächerlichen Erscheinung noch nichts wusste. So eine konnte nicht von Adel sein.

Nach dem Tanz wurden einigen Damen parfümierte Seidentücher überreicht. Allein die Unbekannte wurde von allen beschenkt, eine Gunst, die nur der offiziellen Begleiterin des Erzherzogs zustand, die es selten genug gab. Das Gelächter wurde bei den adeligen Damen, die leer ausgegangen waren, zu Hornissengebrumm. Ob Veronika von Lipás Miauen mir je wieder den Schlaf rauben würde? Sie schnaubte vor Wut.

Mein Herr hielt sich abseits. Auch sein Antlitz hinter der Maske einer Göttin verborgen. Männer seines Hofstaates schirmten ihn vor neugierigen Blicken ab, wobei er aufmerksam verfolgte, wie die verkleideten Würdenträger des Königreiches Böhmen dieser Unbekannten symbolisch huldigten. Lauschte der Empörung. So viel Unmut für eine Dirne?

War die Unbekannte vielleicht sogar der Grund, wieso mein Herr heimlich nach Bresnitz zu reisen pflegte? Der einzige Ort, an den er mich, seinen Stumpen, nicht mitnahm.

Sie verblieb allein auf dem Tanzplatz, die besudelte, mädchenhafte, aber nicht mehr ganz junge Frau. Gedankenverloren. Ihr helles Kleid blähte sich im Abendwind. Eine Wolkenbraut. Bald würde sie verwehen.

Nur die Loxan – verwitwet, angeheirateter Adel und Herrin auf Bresnitz – gesellte sich dazu. Wenn auch schon in den Vierzigern vermutete ich in ihr den neuesten Bettschatz meines Herrn. Dereinst das schönste Weib ihrer Zeit, und fast so fein gewachsen wie große Jüngere, trug die Loxan den Busen noch auffallend hoch.

Die Geruchsdiebin schnäuzte sich in eines der neuen Tüchlein gleich einer verschnupften Jungfer, verschämt, ohne Geräusch. Die schönen Nasenlöcher erschienen gesäubert.

„Auch Zwerge fangen klein an", rief ich der Unbekannten nicht ohne Häme zu.

Sie würdigte mich keines Blickes, ließ auch die Loxan stehen und verschwand mit dem letzten Licht in dem Garten, in dem Anna Jagiello immer glücklich und immer schwanger gewesen war.

Einmal mehr wurde Bartlmä zu meinem Hafen. Wieder endete mein Ungehorsam auf seinem Schoß. Er schien wohlgestimmt.

Hätte Nachricht aus dem Paradies. Dem Welser-Paradies, wie er es nannte. Es läge in Spanisch-Amerika. Kolumbus' dritte Reise hätte nicht ihm, sondern uns Glück gebracht.

Hätte Kaiser Karl V. doch uns dieses Venezuela, wie es die Spanier nannten, anvertraut. Und dieser Orinoko führe zum Gold. Wäre weniger ein Fluss als ein braunes Meer. Und dieses El Dorado, diese goldene Stadt, von der jetzt jeder spanische Halunke fasle, würden wir finden. Sicherlich.

Zwar wurde Hohermuth von Speyer vom Fieber verzehrt. Der neue Generalkapitän, Philipp von Hutten, und mein Cousin Bartlmä seien jedoch schon weit in den Urwald vorgedrungen. Bäume hoch wie Kathedralen, manchmal sähe man tagelang vor lauter Baumkronen keinen Himmel, hätte er geschrieben. Die Eingeborenen unterschieden zwanzig Arten von Grün.

Doch sei mein Cousin zuversichtlich, das Gold zu finden. Man müsse nur genug Sklaven einschiffen, die Einheimischen seien nicht robust.

Sklaven im Paradies? „Nichts für Weiberleut", murrte der Onkel dann in meinen Nacken, wobei sein dichter Bart fürchterlich juckte. Dann kam er zu den Spezereien.

Schon die Königin von Saba sei süchtig nach Zimt gewesen. Auch Kleopatra hätte Zimt und Pfeffer geliebt. Vor allem den schwarzen, den er von den Molukken beschaffen ließ. Er sei hitzig und trocken. Im Mörser zerstoßen, verleihe er Mut und Frechheit. Das Gewürz der Macht.

„Piper Peperit Pecuniam, Pecunia Peperit Pompam. Der Pfeffer hat das Geld gebracht, das hat uns pomphaft reich gemacht.“ So hätte es ihn der Vöhlin Großvater gelehrt.

„Die Araber mögen die Herren der Gewürze sein, die Welser sind die Könige!

Nicht der aufgeblasene Anton Fugger, nicht die Venezianer, nicht die Medici. Sollen sie uns doch Pfeffersäcke schimpfen“, lachte er.

Fünfzehn Körner schwarzen Pfeffers hätte man in der Nase einer ägyptischen Mumie gefunden. „Pfeffer würzt die Ewigkeit“, so endete meist Bartlmäs Lektion, bevor er mich hinausbugsierte.

Heimlich ausprobiert brachte ich es auf zehn. Maximal fünf Pfefferkörner pro Nasenloch, dann wurde die Munition in einer Schleim- und Tränenexplosion hinausgeschossen. Was wusste eine Rotznase schon von der Ewigkeit?

Prag, Innsbruck 1567

Von Riesen

Das neue Jahr war nur Stunden alt, als wir Prag verließen. Einem Hofzwerg erschließt es sich nicht, eine nach Neujahrskrapfen duftende Palastgemütlichkeit für einen unbekannten Horizont verlassen zu müssen.

Doch mein Herr war in Eile. Drei Jahre waren vergangen, seit der Vaterkaiser ihn zum Herrn von Tirol bestimmte. Einem Land, das er zuletzt als Knabe gesehen hatte. Zunächst voller Vorfreude, war es jetzt mehr als das Ungemach einer Winterreise, das seine Stimmung trübte.

Unsere Abreise hatte sich mehrfach verzögert. Zunächst war der schwarze Tod nach Innsbruck und die Vorlande gezogen. Bis zum Bodensee und bis nach Ravensburg würde gestorben, hatten Kundschafter gewarnt.

Dann war mein Herr zur Unterstützung seines Kaiserbruders nach Osten geeilt. Suleiman hatte sich Ungarn einverleiben wollen. Noch ein Versuch. War schon vor Szigetvár gestanden. Dreißig Meter Turbanstoff und fast zwei Menschenleben im Sattel hatten ihn noch nicht ermüdet. Sollte es sich auszahlen, dass ein Muselman nur Kamelmilch und Aufgüsse aus schwarzen, harten Bohnen soff?

Doch der Gott des Evangeliums war seinen Schäflein hold. Hatte den altersschlauen Fuchs nicht im Kampf, nein, im Schlaf dahingerafft. Siebzig Lebensjahre als Christengeisel erschienen ihm wohl genug.

Suleimans Heerführer hatten den Tod ihres mächtigen Sultans zunächst verheimlicht. Seine weiße Kopfzier einem alten Janitscharen aufgepfropft. Gleich beim ersten Gemetzel war die Sultanszier jedoch wie ein Kürbis in den Dreck gekullert. Als der Schwindel aufgeflogen war, waren die Osmanen wie ein Heuschreckenschwarm in der Weite der Puszta verschwunden.

Und dennoch war Ferdinands Kaiserbruder immer noch verstimmt. Mein Herr hatte, durch ein Fieber geschwächt, mit seinen Truppen vorzeitig abziehen müssen, die dennoch bezahlt werden wollten. Tief verschuldet würde er Böhmen verlassen. Pleite, ohne dem alten Suleiman je nahegekommen zu sein.

Verwunderung hatte auch die Tiroler Ritterschaft gesät, als ihr zukünftiger Landesherr um Waffenhilfe angefragt hatte:

Man sei alt oder krank, das Streitross sei alt oder krank, die Frau, der Vater, die Mutter lägen im Sterben, Muren oder Steinschlag hätten den Auszug aus dem Tal unmöglich gemacht, man sei so arm, dass es jeden Osmanen reue bei dem Anblick, man hätte den Arm der heiligen Barbara verlegt, ohne deren Schutz man unmöglich kämpfen könne, man wallfahre für den Sieg.

„Einäugige Idioten“, hatte mein Herr bei jeder Absage geschrien. „Nur ihre Berge sehen sie.“ Hatte das Landlibell des Kaiserurgroßvaters die Tiroler blind für die Feinde des Reiches gemacht? Gut, es besagte, dass Landeskinder nur innerhalb Tirols Waffendienst zu leisten hätten. Doch zu was wäre der Mumien-Arm der heiligen Barbara in einem muselmanischen Abendland nütze? Als Flohkratzer bestenfalls.

Als wir nach Tirol aufbrachen, saß ich als Parasit in einem Pelz. Wilhelm von Rosenberg, einer der ersten Männer des Königreiches Böhmen, hatte seine verkühlte Lunge nicht dem Jännerwind aussetzen wollen. In seiner Kutsche fand ich prächtige Wirtstiere:

Seine porzellanweiße Tochter Eva, seine noch schöne Gattin und deren Hofdame, die dralle, glutäugige Tuschka. Eine große Lammfelldecke bedeckte uns wie die Wurst das Brot. Die Damen waren erfreut, einen Lustzwerg für das lange Geschaukel bei sich zu wissen. Zumal der alte Rosenberg für gesegneten Schlaf bekannt war.

An warmes Brustfleisch angeschmiegt – ob weiß, ob karamell, ob reif, aber kaum abgeliebt – bemerkte ich kaum, als sich das West-Tor des Hradschin wie die Paradiespforte hinter uns schloss. Wie sollte ein so behaglich eingeklemmter Narr ahnen, dass eine Rückkehr ihm kostbarer erscheinen würde als Gold?

Einige der ersten Familien des Landes wie die Lobkowitz, Sternberg, von Dohna oder Kolowrat wollten ihren scheidenden Fürsten bis nach Innsbruck begleiten. „Um die Käsmacher mit böhmischem Glanz zu erhellen“, wie Rosenberg murmelte. Dann wurde sein Schnarchatem unsere Reisemelodie.

Einzig die hochwohlgeborene Porzellantochter schniefte bis nach Budweis, um mich dann, recht grob, von Tuschka abzuschälen und wie ein Äffchen auf ihren Schoß auszurichten.

Ferdinand ritt. Natürlich. Seine Miene versteinert, sein Atem weiß vorm Gesicht. Eine wortlose Anklage. Der rote Bart von blitzenden Eiskristallen durchsetzt.

Seinen Thomele schien er nicht zu vermissen.

Als wir das Prager Becken verließen, die prächtigste Schmuckschatulle der Welt, wie mein Herr sie nannte, wurden mir doch die Augen feucht.

„Unser Stumpen zerfließt wie die Moldau", sagte Tuschka und zog mich an ihr Busengässlein. Es roch nach unschuldigen Lämmern und Rosenwasser.

„Gute Nacht Welt, es geht ins Tirol", mehr brachte ich nicht mehr heraus, da Tuschka mich wie warmer Teig umfloss.

Wer hätte vermutet, dass ich, dieses Hätschelkind des Luxus, an eine ärmliche Fischerin dachte? Die Chance, meine Mutter je wieder zu sehen, verringerten sich mit jeder Umdrehung der Kutschenräder.

Ferdinands Miene hellte sich erst auf, als er in Pilsen Nachricht erhielt, der böhmische Landtag und die schlesischen Stände hätten ihm ein Abschiedsgeschenk von vierzigtausend Talern bewilligt. Sofort ließ er anhalten, um das Dreikönigsfest zu feiern.

„Man bringe meinen Stumpen", rief er ungeduldig hinter sich.

Sogleich zog mich eine Leibwache aus einem Dekolletee hervor. Verschlafen fand ich mich dann im Pilsner Rathaus wieder, um beweisen zu müssen, dass ich aufrecht unter der eilig gedeckten Festtafel hindurchmarschieren konnte. Dass ich der Kleinste aller Kleinen sei. Was war lustiger: der erhobenen Hauptes wie ein Pfau unter der Tafel einherschreitende Winzling oder die kopfüber glotzende Stadtprominenz mit hochroten Köpfen, labbrigen Lefzen und herauskullernden Brüsten?

Unterm Tisch ist auch daheim, sagt der Zwerg.

Dann wurde ich wie Tischschmuck auf die Tafel gestellt, um zwischen Bierhumpen und Brottellern voller Fleisch und abgenagter Knochen hindurchzutänzeln.

Von Pilsen ging es über Fürth, Straubing, Landshut und Rosenheim. Berge wurden durch die Eisblumen der Kutschenscheiben noch nicht gesichtet. Nur ein flaches Nichts, von großen Schneeflocken hypnotisiert.

„Die Riesen“, schrie Rosenberg und sprang so unvermutet auf, dass seine Stirn am Kutschenhimmel anstieß und er, nach einem Moment des Taumelns, auf seine Gattin plumpste. Nur gut, dass die heimwehkranke Tochter mich so rigoros eingefordert hatte.

„Bist du toll, Mann?“, kreischte die Rosenbergin und strampelte so heftig, dass einer ihrer silbernen Pantoffeln als Geschoß durch ein Kutschenfenster krachte und das ganze Gefährt ins Schlingern geriet.

Sofort hieß Rosenberg anhalten. Da der Erzherzog aber Trab befohlen hatte, dauerte es, bis der ganze Kutschentross zum Stehen kam. Der Pantoffel blieb unauffindbar. Trieb vermutlich in dem kiesigen Flussbett unweit der Handelsstraße.

„Das ist der Tiroler Inn. Und was ein Tiroler sich greift, gehört ihm“, meinte der Kutscher spöttisch und hielt die Pferde ruhig.

„Ich hatte eben einen bösen Alptraum“, stöhnte Rosenberg. „Eine Lawine zerbrach die Kutsche. Bevor kaltes Pulver in meine Kleider und alle Körperöffnungen eindrang, sah ich, dass zwei Riesen sie lostraten. Giganten, groß wie der weiße Turm des Hradschin. Nachdem alle, auch die Pferde, zu Tode gekommen waren, sammelten sie ein, was ihnen nützlich erschien.“

Nach nasalen Entschuldigungen fuhr er fort:

„Bei einem Besuch in Tirol in Vertretung des Erzherzogs hörte ich einst Erstaunliches. Bei Innsbruck, deiner neuen Heimat“, sprach er in meine Richtung, „erschlug ein Riese namens Haymon vor vielen Jahren einen Drachen. Dort, wo heute das Stift Wilten steht. Das Untier hatte Köhlern und Holzflößern, die in der Sillschlucht hausten, Vieh geraubt. Sogar ein Hütebub war abgängig.

Haymon hat den Tatzlwurm geköpft, als dieser nach Beute Ausschau hielt. Ihm die Zunge herausgeschnitten. Diese hütet das Stift Wilten heute wie einen Drachenschatz.

Haymon war aber noch rauflustig gewesen. Auf der windumtosten Höhe von Seefeld hauste ein zweiter Riese. Thyrsus hatte schon seit Urzeiten dort wie ein König geherrscht und duldete keinen Neuankömmling in Riesengestalt.

Die Riesen trafen auf einer Bergwiese bei Zirl aufeinander. Bewarfen sich mit Geröll und verprügelten sich mit ausgerissenen Zirben, so lange bis des Thyrsus Blut die Blumen ertränkte und er verstarb.“

„Widerlich“, schimpfte die Rosenbergin und zog die Lammfelldecke bis zu ihrer Nasenspitze.

„Der Ort wird heute noch Thürsenbach genannt“, fuhr ihr Mann fort, der sich als Überbringer von Grausamkeiten sichtlich gefiel. „Und die roten Steine, die man darin findet und die sich zu einem Heilöl zerreiben lassen, nennen die Tiroler Thürsenblut.

Doch Haymon grämte sich und hat mit seinen Totschlagpranken Kloster Wilten erbaut. Zur Buße. Genau an der Stelle, wo er den Drachen erschlug. Neben dem Altar liegt er begraben.“

Rosenbergs Gräuelgeschichte wurde durch einen Nasentropfen in ihrer Wirkung geschmälert. Gelblich-zäh hatte er das Drachen-Riesen-Gemetzel überstanden und spritzte ihm erst aufs Revers, als vor der Kutsche die Hölle losbrach.

Wir hatten Kufstein erreicht, das den neuen Landesfürsten mit Artillerie begrüßte. Der Kanonendonner grollte nach, hatte sich zwischen senkrechten Felswänden zu beiden Seiten des Inns verfangen. Die Damen waren über den Ausblick so erschüttert, dass die Rosenbergin die Vorhänge fortan geschlossen halten ließ. Durch das Loch im Glas drang schneidend kühler Bergwind.

„Diese Natur ist eine Zumutung", schimpfte sie.

In Rattenberg und Schwaz erspähte ich durch einen Vorhangspalt Bergwerksknappen in weißer Grubentracht. Schneemännern gleich standen sie an der Straße. Auf den Anhöhen kein einziger Baum.

„Die brennen in den Schmelz- und Messinghütten oder unter den riesigen Sudpfannen im Haller Sudhaus, wo man das Steinsalz auswäscht. Die Tiroler Wälder sind in Stollen verbaut oder werden verfeuert. Jetzt treidelt halb Bayern über den Inn, seit man die Schwazer Silberminen den Fuggern verpfändete", so unser Kutschengelehrter.

„Ein Jammer, dass die Habsburger lieber leben, anstatt zu rechnen", murmelte er in sich hinein.

Auch Bauern kamen in Blicknähe. Allesamt bewaffnet. „In Tirol sind die Bauern frei und mancher gebärdet sich, wie in Böhmen ein Edelmann", schniefte er.

In Hall, der reichsten der Tiroler Städte, ritten die Patrizier in voller Rüstung herbei. „Weißes Gold nennen sie ihr Salz", fiel Rosenberg dazu ein. Wohl zu Recht, wenn man ihre Bürgerelite sah.

Ferdinands Miene wurde erst freundlich, als die Stadtobersten ihm einen goldenen Becher randvoll mit Münzen überreichten. Den Haller Gulden.

„Man bringe mir meinen Stumpen", rief er.

Diesmal schälte mich die Leibwache von Tuschka ab. Sie hatte mich in Kufstein übernommen, da auch der jungen Rosenbergin die Gebirgsluft nicht zu bekommen schien.

Die Haller staunten, als Ferdinand mich vor sich aufs Pferd setzte und verkündete, dass ich der kleinste aller erwachsenen Untertanen sei. Wohl auch der teuerste.

„Wird bezahlt, tanzt der Affe", rief er heiter und rasselte mit ihren Münzen.

Das Schneegestöber war in Bayern geblieben. Eine Sonne, heller als drei böhmische Sonnen, bestrahlte den Bettelwurf, wie die Bergszenerie hier völlig zu Unrecht genannt wurde. Die aufpolierten Patrizier und ihr Salinenkonstantinopel schrumpften vor dieser Kulisse zu Spielzeug. Diese Landschaft gebiert Riesen und verzwergt den Mensch, schoss es mir durch den Kopf.

In Innsbruck das gleiche Schauspiel, nur mehr davon. Am ersten Jänner hatten wir Prag verlassen, um nach siebzehn Tagen das Dach der Welt zu erreichen, wie es mir erschien. Die Nordkette ein trotziges Massiv, wo eine Kette doch eigentlich etwas Schmückendes sein soll. Sie stieg so steil empor, dass der Himmel nur noch ein blauer Spalt war.

„Das ist garstig“, schimpfte die Rosenbergin, einäugig durch den Vorhangschlitz schielend, so, als müsse sie das Grauen dosieren.

Nur Tuschka fasste sich.

„Die Menschen müssen stark sein an so einem Ort. Und Drachentöter liebe ich.“ Dies sagte sie mir, dem Zwerg, den sie mit ihrem Busen also in die Irre geleitet hatte.

Erneuter Geschütz- und Mörserdonner, Glockengeläut und Jubelgeschrei. Tiroler Männer im Festgewand. Herausgeputzt, wie ihre Stadt. Den Winter hatte man gezähmt, indem man den Saggen, durch den wir einzogen, von Eis und Schnee befreit hatte.

Die Innbrücke war für den Empfang mit bunten Bändern und Tannenzweigen geschmückt. Die Rosenbergin weigerte sich, die Kutsche zu verlassen. Mit nur einem Schuh würde sie nicht vor diese Wilden treten.

Mit Speerstangen drängten Trabanten wogende Menschentrauben zurück. Die Blüte des Tiroler Adels marschierte raumgreifend voran:

Vornan schritt Wilhelm von Wolkenstein, ein imposantes Mannsbild. Er sei, so Rosenberg, der reichste unter den Hiesigen.

Ihm folgten die von Arco, Lodron, Firmian, Welsberg, Künigl, Fuchs, Payrsberg, Kuen, Annenberg, Thun und ein bäuerlich schlurfender Herr von Liechtenstein.

So sah sie also aus, die Tiroler Elite, der ein Suleiman zu unbedeutend erschienen war, um ihre Bergfestung zu verlassen.

Einige waren jedoch sichtlich bemüht, sich beim neuen Landesfürsten einen Posten zu sichern: ein baumlanger Herr von Trapp als Erb-Hofmeister, ein

Trautson als Marschall, ein Spaur als Mundschenk, ein Botsch als Truchsess, ein Cles als Kämmerer.

An der Brücke stand auch der Klerus aus Stadt und Land. Unter dem milden Lächeln des Brixener Weihbischofs, der auch die Innsbrucker Glaubensfraktion anführte, wollte man Ferdinand mit einer Ansprache und einem Psalmchoral begrüßen.

Diese Punkte des Festprogramms mussten jedoch ausfallen, da der Brixener des Deutschen nicht wirklich mächtig war, hingegen mein Herr kein Latein oder Italienisch zu seiner Begrüßung hören wollte. Auch im Gesang zeigte sich die Priesterschaft so ungeübt, dass er nach den ersten Misstönen ganz unterbleiben sollte. Der Brixener Weihbischof reichte dem Erzherzog ein silbernes Kreuz zum Kuss. Unfroh und stumm. Ich erspähte geschlitzte Nasenlöcher, die eher einem Herodes nachkamen.

Endlich ging es über den Fluss. Allen voran ritt ein Herold, der mit Lobpreisungen gegen das weiße Gebirgswasser anbrüllte. Vor Ferdinand ritt Erbmarschall Balthasar von Trautson, das Schwert gezückt. Der Landesherr selbst ritt auf seinem Lieblingsross „Perle“, einem makellosen Schimmel, unter einem goldenen Baldachin, den junge Adelige mit Stangen emporstemmten. Huldvoll lächelnd warf er Münzen unter das Volk, das – kaum war der Ehrenhimmel vorbeigeschwebt – erbittert zu raufen begann. So viel zu diesem Menschenschlag.

Wir hielten vor der Pfarrkirche zum offiziellen Gebet. Die Prinzessinnen Magdalena und Helena begrüßten ihren fürstlichen Bruder, Margarethe sei zu kränklich, hieß es. Alle drei Schwestern residierten im Damenstift in Hall.

Der Prunkzug näherte sich der Hofburg.

Der Thron, auf dem schon der Kaiserurgroßvater gesessen, sei hart für einen böhmischen Hintern, scherzte Ferdinand, als er sich auf dem vergoldeten Erbstück niederließ.

Vor dem Möbel kniend, empfing die Elite silberne Pokale aus Ferdinands Händen.

Für Marschall Trautson ließ er ein Ross die Stiege hinaufführen. Hatte dieser während der Türkennot doch nach Prag geschrieben, dass sein Streitross alt und krank sei. Sein Erröten war Dank genug, wo doch selbst mancher Verbrecher und Tagedieb auf Begnadigung Ferdinands freikam.

Der Festsaal flackerte im Licht. Der Name bezog sich wohl weniger auf dessen Größe, die sich im Vergleich zum Hradschin eher bescheiden ausnahm, als auf ein eindrückliches Deckenfresko.

Von Rosenberg auf Tirol eingestimmt, erkannte ich Haymon und Thyrsus, die sich mit mannslangen Knüppeln bekriegten.

Es war eher die Prager Delegation, die durch leichtfüßigen Tanz auffiel. Ähnliches galt für die Raffinesse der Garderoben und das Schmuck-Gepränge. Mancher Wilde hätte sein Gewand nur geliehen, so schlecht wie es säße, meinte die Rosenbergin, die wieder gut beschuht und in ein samtsilbernes Tanzkleid eingenäht böhmischen Charme versprühte. Auch seien die Sitten hier recht grob, glaubte sie zu wissen.

Ein Modetrend war jedoch bis nach Innsbruck vorgedrungen: Fast alle Tiroler trugen einen aus Elfenbein geschnitzten Zahnstocher an einer Kette um den Hals, schließlich galt es neuerdings als unfein, sich mit den Fingern Fleischreste aus den Zähnen zu ziehen.

„Einige, die hier mit dem Zahnstocher hantieren, fressen diesen unterm Jahr am liebsten vor Hunger auf", ließ Rosenberg entre nous verlauten.

Ferdinand trug einen Gehrock aus Brabanter Seide. Blütenweiß. Zeigte schon durch seine Aufmachung, dass jetzt für Tirol ein noch ungeschriebenes Kapitel begänne. Das souveräne Gehabe gelang ihm nicht so recht. Mit unruhigen Pupillen maß er sein neues Reich aus. Die Oase seiner Kindheit mochte ihm geschrumpft und weniger prächtig erscheinen, als er sie in sich bewahrt hatte.

Ich zog eine kleine Flöte hervor und blies mit meiner Nase in die Löchlein. Die Bergler liefen zusammen. Starrten wie angewurzelt, trotz der lustigen Melodien, die ich meinem Nasenflötchen entlockte. Ein Nasenlochphilosoph wäre kein Könner seines Faches, wäre sein Organ untrainiert.

Jonglierte mit Bällen und Obst, stellte Scherzfragen, die keiner zu beantworten wusste, tanzte Schrittfolgen, die manche Tanzpartnerin schimpfend oder kichernd in die Irre laufen ließ. Zu deren Entschuldigung sei gesagt, dass in Böhmen anderes Mode war als im Rest des Reiches. Was in Wien oder Augsburg noch mit Passion getanzt, getragen oder vorgeführt wurde – im goldenen Prag krähte kein Hahn mehr danach.

Mein Herr hatte mich vor der Abreise neu ausstaffiert. Betont fürstlich. Einen nachtblauen Rock mit goldenen Verschnürungen und Posamentierungen, die gut zweihundert Fuß maßen, auf meinen Leib schneidern lassen. Die goldenen Knöpfe hatte ein ungarischer Goldschmied gefertigt, dazu einen Gürtel. „Allein der Zwergenrock ist doppelt so teuer wie der Rock des reichsten Tirolers, diesem Wolkenstein", tuschelte die Rosenbergin.

Tuschka, in ein rot-grünes ungarisches Hofkleid eingeschnürt, so dass ihr Busen wie ein Prachterker vorstand, schien in Herrn von Trautson einen Bewunderer gefunden zu haben. Auch die rosenbergische Porzellantochter ließ sich vom Tiroler Jungadel umgarnen.

Selbst ich genoss die „Ahs" und „Ohs" und die kindliche Bewunderung in Augen, die sich noch nicht an allem satt gesehen hatten.

Von zu viel Pläsier überreizt, kam sie dann doch über mich, die Zwergeneinsamkeit. Wurde heimwehkrank zwischen fremden Gesichtern, fremden Tönen. Das Deutsch wurde hier im Hals gesprochen. Die Kehlen der Menschen hatten sich der Landschaft angepasst: Jeder „K-Laut" ein Ächzen wie aus einer Klamm.

War das Deckenfresko, diese Verherrlichung des Totschlags unter Riesen, unter dem die neuen Vasallen nun um Aufmerksamkeit buhlten, tatsächlich das Abbild eines Landes, das harte Sitten, hochfahrenden Mut und eine talversunkene Eigenbrötelei pflegte?

Rustikale Manieren sollten diesen Abend vorzeitig beenden.

Die Herren von Firmian, Thun, Liechtenstein und Künigl drängten zu Ferdinand. Umringten ihn wie einen Saufkumpan, wobei Firmian seine Hand auf die Schulter seines Fürsten legte. Ungefragt posaunte:

„Es ist possierlich ausstaffiert, euer Zwergentier. Doch will ein Landesherr sich nicht am eignen Blut erfreuen?"

„An Standesgemäßem, man ist hier nicht so hinterm Berg, dass man nicht manches hört", warf Künigl ein, wurde jedoch von den anderen abgedrängt.

„Durchlauchtigster Herr", nun führte erneut Firmian das Wort, „ihr seid bald im vierzigsten Jahr und Tirol braucht einen Erben!"

„Sonst fallen wir an Österreich zurück", rief Künigl aus der zweiten Reihe.

„Meine Herren, möge es dem Südtiroler Wein geschuldet sein, dass ihr so mit Eurem Fürsten redet", sprach Ferdinand, sichtlich um Contenance bemüht. „Um weitere Weinseligkeit zu verhindern, erkläre ich den Abend für beendet." Er rauschte hinaus und ließ verstimmte Tiroler und fassungslose Böhmen zurück.

Derartige Dreistigkeit hätte in Prag im weißen Turm des Hradschin geendet. Bei Wasser und Brot.

In dieser Nacht lag ich lange wach. Als die Erschöpfung mich dann doch übermannte, sah ich mich in einem Tiroler Gebirgsbach enden. Völlig nutzlos. Wie ein silberner Pantoffel aus Prag.

Am nächsten Tag ein neues Lehrstück. Früh ritt ich mit meinem Herrn aus der Stadt nach Süden, dorthin, wo der Aufstieg zum Brennerpass beginnt. Übernächtigt erschien mir das Licht noch greller als am Vortag. Nie hatte Prag je eine solche Helligkeit durchflutet. Auch die Berge hatten an Höhe zugelegt. Lag dies an der baumlosen Ebene von Wilten, dem Schwemmland der Sill?

Ich war im Maul einer Riesenechse gefangen. Die Nordkette mit ihren scharfen Kanten war der Unterkiefer dieses Ungetüms. Ein schneeweißes Todesgebiss. Wobei mancher Geröllbrocken einem faulen Zahnstumpf glich. Nicht weniger bedrohlich.

Mein Herr und ich waren Ungeziefer im Schlund dieses Drachens. Jeden Moment könnte das Maul zuschnappen. Ein Zwerg wäre keinen Zahnstocher wert.

Auch diese Frau Hitt, eine auf dem Gipfelgrat versteinerte Riesenkönigin, könnte einen wie mich zermalmen, ohne es je auch nur zu bemerken.

Krank kam ich beim Stift Wilten an. Mein Herr wollte den Abt von Wilten besuchen, ohne die neuen Hofschranzen. Hatte er den italienischen Bischof von Brixen schon zuvor verprellt, wollte er es sich mit dem Wiltener nicht verderben. Der Wiltener war ein mächtiger Mann. Halb Innsbruck, das halbe Inntal gehörte ihm.

So betraten wir ein Haus, das ein Riese gebaut haben soll und worin er begraben lag. Ein Haus, das eine Drachenzunge hütete, wie eine Reliquie. Als der Abt sie uns auf mein eindringliches Flehen hin zeigte, sah sie dem Horn eines Einhorns ähnlich. Steingrau, hart und wundersam verdreht. So wie alles in diesem Tirol.

In der Begrüßungsmesse wurden mir zum zweiten Mal nach unserem Fortgehen aus Prag die Augen feucht. Der Abt sah dies und ging, nachdem der neue Fürst und er sich ausgesprochen, auch über den Vorfall des gestrigen Abends, freundlich auf mich ein.

Dies sei kein natürlicher Ort für einen wie mich. Die Berge dergestalt, dass auch ein langbeiniger Kraftlackl sich schwer daran täte, sie zu erklimmen. Die Winter seine gefährlich, schneereich und lang. Steinschlag und Muren bedrohten die Menschen über das ganze Jahr.

Ich sei der erste meiner Art, den er sähe. Doch hätten die Freunde der Vernunft in Petrarcas Trostbuch nicht schon gestritten, ob man Zwerge lustig oder scheußlich finden sollte?

Und Gott hätte all dies erschaffen, das Große und das Geringe. Und Jesus hätte zu Lukas gesagt: „Wer der Kleinste ist unter Euch allen, ist dieser, der groß ist", sprach der Wiltener.

Vielleicht wollte die Vorsehung ja, dass ich den Menschen zeige, wie groß der Kleinste unter ihnen sein kann. Den Hiesigen besonders, die Fremdes nicht gerne dulden.

Verwirrt ritt ich mit meinem Herrn zur Hofburg zurück. Sollte ich noch mehr poussieren, jonglieren, charmieren, um den Berglern zu gefallen? Mein Herr schwieg. Er war immer noch verärgert über die Frechheit des Tiroler Adels, einen Erben einzufordern.

Schon bald hieß es, der neue Landesfürst hätte seine böhmischen Mätressen einbestellt. In der Dunkelheit der Nacht seien eine junge Blonde und zwei ältere Amüsierweiber vor Ambras vorgefahren. Wären mit ihrem Kutschtross sofort hinter den dicken Mauern verschwunden.

Deshalb also hätte er das alte Gemäuer herrichten lassen. Zu einem Ort der Unzucht, sicher bezahlt mit Tiroler Geld. Als ob es in Innsbruck keine Schlafweiber gäbe?

„In dieser Schönheit sterbe ich", soll die Blonde wie im Rausch gesagt haben, als sie die Nordkette im vollen Mondlicht erblickte.

Und dann – ein Ambraser Spätheimkehrer hätte es mit eigenen Augen gesehen, ja, er könne es beschwören – seien Särge ausgeladen worden.

Jetzt posaunen sie es groß hinaus – die Besserwisser.

Man sei bestürzt, vermeldete die Fugger-Zeitung, dass das renommierte Bank- und Handelshaus Welser, unter dem ehrenwerten Bartholomäus Welser dem Älteren, Venezuela vorzeitig an die spanische Krone zurückgeben müsse. Misserfolge in der Kolonialisierung hätten Kaiser Karl V. bewogen, den „Asiento" von 1528, der den Welsern die Statthalterschaft der Überseeprovinz auf 30 Jahre übertragen hätte, früher zu beenden.

Zu allem Unglück seien Bartholomäus Welser der Jüngere und sein Begleiter, der Welser'sche Generalkapitän Philipp von Hutten, in Venezuela zu Tode gekommen, so die Fugger'schen.

Zu Tode gekommen? Cousin Bartlmä und von Hutten wurden ermordet. Bestialisch ermordet. Vom selbsternannten spanischen Gouverneur Juan de Carvajal überfallen und geköpft. Jedem Huhn auf einem Hackstock erging es besser. Mit stumpfen Macheten droschen die Mörder auf ihre Opfer ein. Der junge Bartlmä hat am meisten gelitten. Sein Kopf wollte sich partout nicht vom Rumpf lösen. Allein sein Diener Juan überlebte das Gemetzel. Bei Quíbor geschah es.

Noch nie habe ich Onkel Bartlmä so erlebt, als am Tag, als er meinen Eltern die Nachricht überbrachte. Über Nacht grau geworden war sein roter Bart, die prallen Wangen hohl. Schwer lastete die Entscheidung, den eigenen Sohn übers Meer geschickt zu haben.

Der sollte lernen, sollte sich beweisen, war er doch in Augsburg ein Tunichtgut.

Vier Jahre lang hatte er diese grüne Hölle durchwandert. Seine Stiefel verfaulten ihm an den Füßen, hohe Gebirge hatte er damit erklommen, um dann bei seiner Rückkehr an die Küste – in vermeintlicher Sicherheit –

seinen Mördern zu begegnen. Welserblut vergossen in Welserland. Cousin Bartlmä geschlachtet wie Federvieh.

„Die Spanier selbst raffen das Gold. Ihre Konquistadoren Pizarro und Almagro haben es den Inkas entrissen.

Soll ihr König Philipp es doch selbst bewirtschaften, dieses verfluchte Land. Jeder weitere Gulden aus Augsburg ist Verschwendung. Jetzt, wo diese scheinheilige Brut uns drei Viertel unseres Vermögens schuldet!" So hörte ich den Onkel zum Vater reden.

Geldjongleure seien wir. Die Peutingerin sagte dies der Mutter am Markt ins Gesicht. Wie eine Weihnachtsgans hätten wir den Habsburger Adler gestopft. Würden uns nun wundern, wenn der Gestopfte uns nicht munde.

Hätten uns vom Kaiser dieses ferne Land aufschwatzen lassen. Zur Kolonialisierung. Seit wann missioniert ein Kaufmann Wilde, bringt den Unwilligen das Pflügen bei?

Wie im Fieber habe Bartlmä den einzigen Sohn nach dem Gold geschickt. Wo die Spanier doch immer raffinierter seien. Gingen diese bankrott, seien die Welser perdu.

Doch bald könnte es uns noch ärger ergehen. Auf Bartlmä den Ernährer folge nun Franz der Verzehrer. Franz, ihr Mann, mein Vater – das leichte Blut.

München 1568

Im Teig

Stell dir alles vor, was du dir an Farben, Gerüchen, Lärm, Menschengetümmel und Speisen vorstellen kannst. So, dass dir die Augen übergehen und dein Magen rebelliert. Würze diese Tollwut der Sinne mit einer Prise Lebensgefahr, dann hast du den Hauch einer Ahnung, wie es Thomele bei der Fürstenhochzeit zu München erging.

Ende Februar wurde Renata von Lothringen mit Wilhelm von Wittelsbach in der Frauenkirche vermählt und drei Wochen lang wurde gefeiert. Musik, Tanz, Theater, Mummereien, Schlittenfahrten, Festgelage und ein Turnier machten aus München das Zentrum Europas. Zum Bersten heiter und zugeschissen.

Jeder, der etwas auf sich hielt, wollte dem Paar und dem mächtigen Bräutigamvater, Albrecht V. von Bayern, die Aufwartung machen. Mehr als fünftausend Reiter zogen in München ein.

Mein Herr reiste mit fünfhundertdreißig Pferden und vierzig Kutschen an. Schließlich war der Bräutigam sein Neffe und der frischgebackene Erzherzog schon Tiroler genug, um sich vor den weiß-blauen Nachbarn aufzuplustern.

Seiner Neigung entsprechend war „Onkel Ferdi“ auch Teil der großen Mummerei: saß als Gott Apoll auf einem in Gold und Rot gehaltenen schweren Wagen, die Vorderseite als Blickfang mit einem Drachenhaupt verziert. Wer hätte ihn übersehen wollen in seinem violetten Gewand mit gleichfarbiger Kopfzier auf einem Thron, den fünf Bögen als architektonisches Firmament überragten? Auf jedem saß eine Musikantin, nett anzuschauen, mit einer Geige, Zither, Trompete oder Laute. Ein Balanceakt. Der Lautenspielerin entglitt ihr Instrument. Es verfehlte Ferdinand nur knapp.

Fünf Schimmel zogen das geräuschvolle Festwagenungetüm, jeder Gaul von einer lorbeerbekränzten Jungfrau im weißen Unterkleid mit goldenem Brustpanzer geführt. Blendwerk für die Sonne und für Männerherzen.

Neben den Unschuldsdamen schritten Mohren.

„So viel zu den Jungfrauen", schimpfte ein Innsbrucker Knecht, als man ihm Gesicht und Händen schwärzte und er sich in weißen Pumphosen und einem zu engen orientalischen Samtrock wiederfand. Tiroler Mohren oblag es auch, Ferdinands Turnierpferde hinter dem Festwagen herzuführen.

Zwar würde mein Herr nicht als Kämpfer auftreten, führte jedoch persönlich vor, wie seine „Perle" und andere Schimmel auf Befehl tanzten und vor dem Brautpaar auf die Knie fielen. Eine Hampelei, die man gerne auch Zwergen zudachte. Mein Auftritt sollte so profan nicht sein.

Auch bei Tisch gab sich mein Herr ganz unbescheiden: hatte Giftbecher-Gustl, zwei Vorschneider, vier Mundschenke und vierundzwanzig Bedienstete aus Küche und Keller mitgebracht. Darunter Jost.

Dabei bot das Haus Bayern schon hundertzwanzig Köche auf samt Lakaien und Mägden.

„Gegen das Gedränge zwischen Bratspießen, an denen ganze Ochsen gedreht werden, Herdfeuern und brodelnden Bottichen ist das Fegefeuer ein Erholungsort“, schimpfte Jost. Galt es doch, 200.000 Eier, 40.000 Hühner, 11.000 Gänse, 1.500 Lämmer, 1.130 Schafe, 235 Spanferkel, 220 Ochsen und 30 Delfine zuzubereiten. Dazu einen Zwerg. Und all dies während der Fastenzeit.

Zur Befeuchtung der Gaumen gab es 170 Fässer sauren bayrischen Weines und 270 Fässer eines besseren südländischen Tropfens.

Lassen wir das Hochzeitsmahl beginnen:

Der Sankt-Georgs-Saal der neuen Residenz schien im Kerzenschein zu brennen. Der Glanz spiegelte sich in vergoldeten, lebensgroßen Löwen, die Bienenkörbe in ihren Pranken hielten. Wo Löwen doch Bienen fürchten. Die Tafeln waren vielschichtig mit Damasttischtüchern bedeckt, die mit jedem Gang abgetragen wurden. Fünf Diener waren allein damit beschäftigt, nach jedem Tischtuchwechsel fünfundzwanzig silberne und goldene Salzgaleeren neu auszurichten. War doch jedem Fürst sein eigenes verschließbares Salzgefäß zugedacht. Die Gefahr, vergiftet zu werden, lauerte überall. Geschärfte Tischmesser lagen bereit. Mein Herr präsentierte sein eigenes Schaubesteck: ein Messer samt neumodischer Gabel, die Griffe aus kostbaren roten Korallenästen gefertigt. Kostbar und unpraktisch.

Orlando di Lasso hatte eine Tischmusik komponiert. Eine heitere Motette zu jedem Gang stimulierte auch die Körpersäfte. Mein Herr bestellte gleich eine eigene Verdauungsmusik. Unermüdlich schwärmte der bayrische Hofmusikmeister mit einem Schwarm an Musikern, Solisten und Sängerknaben aus. Jede Belustigung wurde mit vier- bis achtstimmigen Motetten all’ italiana begleitet.

Italienische Leckereien sollten auch die Mägen öffnen:

Mandel-Honig-Dragees nach dem Rezept von Cristoforo da Messisbugo, Hofkoch des Hauses Ferrara, gefolgt von Schinken und Zunge in Zucker-Mandel-Sulz auf neapolitanische Art zubereitet. Pastelli bianchi alla tedesca, eine Art Schmalzkrapfen, hatte der Leibkoch des Hauses Gonzaga ausgebacken.

Nun folgten bayrische Spezialitäten:

Hirsch in dunkler Brühe mit gehackten Mandeln und Moosbeeren, gebratene Kapaunleber, gekochte Kalbsfüße mit Pfeffer und Petersilie, geräucherte weiße Renken in Orangensaft und Pfeffer, Törtchen mit Krebsschwänzen und Reiherpastete, Hechtmilz und Fischklöße, gebackene Köpfe vom Lamm und Zicklein, mit Steinhühnern gefüllte Gänse, Auerhähne, den Kropf mit Mandeln und Weinbeeren gefüllt, Wildsauen in Granatapfelsauce, Hecht in Rosenwasser, Kalbskopf mit Safran und Eiern, gelbe Kaisersuppe mit Schlagrahm.

Ein Gang umfasst vierzig Schüsseln Salat aus Würzkräutern mit kandierten Zitronenscheiben, die gleiche Menge Schüsseln gefüllt mit Fischrogensalat, nochmals vierzig Schüsseln Salat aus Pfauenfleisch und Pomeranzen mit rotem Essig, fünfzehn Schüsseln Salat aus feinsten Trüffeln. Nicht zu vergessen drei Dutzend Mäuse, Igel, Kröten, Schnecken, Eidechsen, Blindschleichen und Maulwürfe, die aus bayrischen Rettichen geschnitzt worden waren.

Manche der Herrschaften sahen so aus, als ob sie alle Tage solche Kost bekämen, so dass Thomele, aus einem Versteck spähend, sich fragte, wieso ihre Seelen, die doch Gottes Ebenbild sein sollen, in solchen Mastschwein-Körpern verharrten.

Allein einhundertfünfzig Kilo schwarzen Pfeffers wäre von den Augsburger Welsern beschafft worden, sagte Jost. Wo Bürgersleut die Körner sich nur einzeln leisten konnten. Doch wer sich mehr leisten konnte, zeigte dies.

„Pfeffert alles, bis es schwarz ist", verkündete der Bräutigamvater.

Der Höhepunkt des Mahles sollte ein Backwerk sein. Eine Königinnen-Pastete aus zweihundert Zutaten zubereitet. Angeblich. Die Herstellung des Teiges aus feinstem Mehl, Butterschmalz, Eiern, Salz und Eiswasser war noch denkbar einfach. Zur Füllung nur so viel: es wurde viererlei Fleisch mit Gewürzen wie Pfeffer, Salz, Kardamom, Muskatblüte, Ingwer und Portwein zu einer Pastetenfarce verarbeitet.

Nun kam ich ins Spiel, al dente zubereitet. Zunächst legte man mir eine eigens für mich in Prag gefertigte Rüstung an, nur das Beinzeug fehlte, damit ich mich zusammenkauern konnte. Dann hob man mich in eine kleine Kiste. An deren Oberseite befand sich anstatt eines Deckels ein dünnes Netz, damit ich leicht hervorbrechen könne.

Nach wenigen Minuten waren meine Glieder taub und die Gelenke schmerzten. Man hob die Kiste auf einen Wagen und setzte die kutschenradgroße, dampfende Pastete auf.

„Lasst mich nicht sterben für ein paar Maulvoll Fleisch und Teig", war alles, was ich herausbrachte, bevor Jost mein Visier schloss und ich in dem salzigen Kuchen verschwand.

Meine Angst war nicht unberechtigt. Am Dresdner Hof war eine Zwergin aus einem kandierten Früchtekuchen herausgelöffelt worden. An ihrem Erbrochenen erstickt, ein peinliches Versehen.

Dazu müsst ihr wissen, dass ich, der Gnom, mich in kleinen Räumen fürchte. Doch Jost galt nicht umsonst als Pastetengott. Stach einen Strohhalm durch die Teigkruste, dekorativ unverdächtig mit einem bayrischen Rautenfähnchen geschmückt, führte den Halm durch das Netz und durch die Sichtblende des Visiers in meinen Mund. Damit ich den Halm nicht panisch zerbiss, klemmte er mir einen Taler zwischen die Zähne. Einen geweihten Herz-Jesu-Taler für einen Zwerg, der unter viererlei Sorten Fleisch dreifach begraben lag. In einem Kindersarg, mit einem Netz umwickelt, den Körper von Stahlblech umhüllt.

In meinem stummen Entsetzen kam mir ein Lied meiner Mutter in den Sinn. Jetzt und hier die Erinnerung an eine Frau, die mich als vielleicht Fünfjährigen einem mir völlig Unbekannten überlassen hatte. Verkauft wie einen lebendigen Karpfen.

„Wer alle Tage Kuchen isst, Pasteten und Kapaunen, der weiß gar nicht, wann Sonntag ist, und kennt nur schlechte Launen.“

Was wusste eine wie sie von solchen Speisen, wo ihre Brut nur schwarzes Brot und Fischabfälle kannte? Es ging mir nicht aus dem Kopf in der von Schweiß und Fett durchweichten Ewigkeit.

Dann stellte ich mir meinen Herrn vor, wie ich ihn eben noch gesehen hatte, das Gesicht von Wein gerötet. Er saß an der Festtafel und nickte der Frau mit den schönen Nasenlöchern auffällig unauffällig zu. Ihr, die an keiner Tafel sitzen durfte, ihr, die eingequetscht zwischen dem Schaupublikum stand. Die Loxan durfte als böhmische Adelswitwe sitzen, doch auch nicht bei den wirklich feinen Leuten.

Wieso brachte er gleich zwei Mätressen nach München, wo es dort so viele gab? Massimo Troiano, der als Hofdichter das Treiben aufzuschreiben hatte, war die Begehrlichkeit meines Herrn nicht entgangen. Ein scharfer Beobachter, den es verwunderte, dass mein Herr, der als heiratsscheu bekannt war, eine so sinnlose Anhänglichkeit praktizierte. Trug Poseidon etwa Fische ins Meer?

Ich verkniff mir ein Lachen, als ich den Hofdichter so hatte reden hören. Hatte Ferdinand noch in Prag doch Ritter Montanus von Biganetz wie einen Domestiken auspeitschen lassen, als dieser nach dem Wasserballett im Schlossgarten behauptet hatte, die schöne Unbekannte sei die Animiertochter eines Schankwirtes, die für jeden Tagedieb zu haben sei. Ein Edelmann, ausgepeitscht für eine Hure? Jedenfalls hatten sich die schönen Nasenlöcher nie mehr bei Hofe gezeigt.

Würden diese nun vor Lachen vibrieren, wenn deren Besitzerin mein Schicksal erführe? Der Lieblingsstumpen ihres Herrn – ihr Hauptkonkurrent um Ferdinands Gunst – sei im Münchner Hochzeitskuchen verreckt.

Dann hörte ich Jost vor meinen Kuchensarg flüstern, dass sich der letzte Gang verzögere. Erneut hätte der Brautvater, prall wie ein Schlauch Tiroler Lagreins, ein Lobgedicht auf das Jubelpaar eingefordert.

Nochmals klang das Lied meiner Mutter in mir an. Nur ihr Gesicht brachte ich nicht mehr ganz zusammen. Waren ihre Augen grau? „Wer alle Tage Kuchen isst, Pasteten und Kapaunen ...“

Dieser Teufelssamen, der nicht herangewachsen war, für den man sie im Dorf verhöhnt hatte, der sie letztlich zwar nicht reich, aber satt gemacht hatte, dieser verkaufte Sohn sollte sein Leben ausgerechnet in einer Pastete beenden?

Jonas fand im Bauch des Walfisches zu Gott. Wie aber ein Gebet auch nur flüstern mit einer Münze und einem Stück Stroh im Maul? Meinem Überlebenshalm.

Es war einfacher zu hassen: eine Mutter zu hassen, die vor einem verschwimmt, einen Vater zu hassen, den es nie gab, einen Herrn zu hassen, der sich immer so hervortun muss.

Irgendwann in diesem dunklen, heißen Wahnsinn ruckelte der Wagen an. Gerne hätte ich mich sofort befreit, aber die Pastete war noch nicht an der Festtafel angelangt. Und ein Thomele funktioniert, wenn er muss.

Es ertönte die verabredete Musik. Mit letzter Kraft streckte ich meine Glieder, brach durch die Teigkruste, riss mein Visier auf und wollte ein Hoch auf das Brautpaar ausbringen. Dabei fiel die Münze aus meinem Mund und kullerte vor Renata von Lothringen, die mich verblüfft ansah. Der Strohhalm blockierte meine Zunge – und doch war die Begeisterung unbeschreiblich.

Orlando di Lassos Sängerknaben bewegten Münder, Musiker zupften Lauten, bliesen in Flöten, schlugen Trommeln, ohne dass irgendjemand sie hörte, noch hören wollte.

„Mein Zwerg spuckt Münzen und scheißt Gold", rief mein Herr, als die Begeisterung abebbte, und blies die Backen auf. Gott sei Dank konnte ich dem nun hellauf begeisterten Brautpaar letzteres schuldig bleiben.

Ich wurde aus dem ruinierten Kuchen herausgehoben – zehn Zutaten hätten auch gereicht – und überbrachte den Hochzeitern meine Glückwünsche per Handschlag. Die Metallhand, fettig von meinem Martyrium.

Hätte jedem Gast die Hand geschüttelt, würde Massimo Troiano später schreiben: „Zwerge in Verstecken und Verkleidungen hätte die Welt schon gesehen. Aber noch keinen derartigen Winzling, geharnischt, einem Hochzeitskuchen entsteigend."

Mein Auftritt brachte mir einen Platz auf der Haupttribüne des Ritterturniers ein. Eine zweifelhafte Ehre. Thomele kann diese Liaison zwischen Theater und Totschlag nicht leiden.

Auch sind Zwerge und Ritter so wenig Freunde, wie Hofzwerge und Mätressen Freunde sind.

Soll der edle Lancelot doch von einem Zwerg vom Ross herunter in einen Karren gelockt worden sein. Was unrühmlich ist, da ein Ritter immer reitet und niemals fährt. Dies mit dem Versprechen, ihn zu seiner Geliebten Ginevra zu führen. Liebesblind bestieg Lancelot einen Henkerskarren und wurde von dem Zwerg so doppelt vorgeführt.

Doch dieser wusste, was niemand wusste: dass Lancelot eine ehebrecherische Liebe mit der Frau seines Königs verband.

Achte auf deine Gedanken, ein Zwerg kann sie hören!

Der Platz vor dem Landständehaus bei der Frauenkirche war mit Sand aufgeschüttet und zum Turnierplatz gerichtet. Einhundertfünfzig Schritt lang, gut fünfzig Schritt breit und mit weißen Brettern vom Publikum abgetrennt. Jede Längsseite zierten hohe hölzerne

Triumphbögen, mit Wappen und Schnitzereien überkrustet.

Zur feierlichen Eröffnung des Fußturniers marschierten Erzknappen in weißen Bergmannskleidern ein. Vergoldete Hämmer in ihren Händen. Vor der Haupttribüne war ein Berg aus Erz aufgeschüttet worden. Auf diesem hämmerten sie mit blödsinniger Tüchtigkeit herum.

Schon dies war mir vergällt. Mein Herr, der meine Abneigung gegen Rittergemetzel kannte, hatte gedroht, mich als Minenzwerg in das Schwazer Silber einfahren zu lassen, sollte ich ihm Schande bereiten.

Nun geht es beim Fußturnier darum, seinen Gegner mit drei Stößen mit einem Spieß und fünf Schwertschlägen zu attackieren, wobei mancher Schweiß- und Blutstropfen floss.

Bald schon verlangte das Publikum nach mehr Irrsinn. Wollte partout sehen, wie ein Angreifer bei vollem Galopp mit einer Lanze durchbohrt würde.

So folgte das Kröndlgestech, auch Tjost genannt. Nur bei großen Festlichkeiten abgehalten, ist es ein Spektakel, das keiner, der es sah, je wieder vergisst. Ein Spaß für die Gaffer, grausam für die Begafften.

Man stößt sich mit Lanzen in doppelter Mannslänge aus dem Sattel. Die Lanzenspitze ziert ein Turnierkrönlein. Dieses nicht scharf geschliffen, aber scharf genug, um einen Panzer zu brechen, einen Bauchring zu zerreißen und ritterliche Eingeweide in nachhaltige Unordnung zu versetzen.

Da es kein Ritter schafft, die Lanze im Galopp mit den Armen in der Luft zu halten, sind auf dem Harnisch unter dem rechten Arm zwei Haken angebracht. Auf dem Rüsthaken liegt die Lanze auf, der Rasthaken hält sie von oben, so dass ein Ritter und sein langer Todesdorn zu einem unseligen Wesen verschmelzen.

Zwei Knechte braucht es, um die Lanze auf die Haken zu hieven, ehe der Ritter seinem Schlachtross die Sporen gibt.

Die Gefährlichkeit dieses Irrsinns zeigt sich schon am Helm. Er gleicht einem Kübel, weder Hals noch Kopf sind zu erkennen. Um Genickbrüche seltener zu machen, ist er an Brust und Rücken verbolzt. Eine wollne Harnischkappe soll den Kopf von innen schützen. Eine Turnierkarriere hat jedoch noch keinen Ritterschädel klüger gemacht.

Man reitet gewöhnlich blind, da der Helm nur einen schmalen Sehschlitz besitzt. Der Mut eines Lanzenmannes zeigt sich daran, ob er beim Angriff, taktisch klug aber gefährlich, seinen Gegner anblickt – also den Kopf senkt – oder den Kübelhelm wie einen Blumentopf senkrecht hält.

Einer, der seine Angreifer dereinst anblickte, war der ungarische Edelmann Gregor Baci, dabei drang ihm eine Lanze durch das rechte Auge in den Kopf und am Unterkiefer hinaus.

Dieses Missgeschick bescherte ihm einen Platz in Ferdinands Kuriositäten-Galerie, um den Lanzeneintritt hatte der Porträtist eine Korona aus spritzendem Blut gemalt. Baci soll noch Wochen gelebt haben, was für die Robustheit der Magyaren spricht.

Der Einzug der Tjoster folgte einer Choreografie. Sechs bayrische Trompeter zogen auf den Platz, gefolgt von sechs Rittern, Ross und Reiter über ihren Panzern in weiß-blauen Atlas gehüllt. Es folgten zwölf weiß-blaue Knechte, die Turnierlanzen schleppend.

Die Ritter schworen dem durchlauchtigsten Bayernherzog, ihr eigenes Leben gerne herzugeben. Die Rösser blieben ungefragt.

Nun erschienen die Gegner mit der gleichen Zahl an Trompetern, Rittern und Lanzenknechten in den Farben der Braut in gelb-schwarz.

Die Ritter gingen paarweise aufeinander zu bis zur Mitte der Kampfstätte. Brüllten ihre Herausforderungen hinaus, um sich dann auf den Mund zu küssen. Eine Geste der Vergebung, sollte einer den anderen töten.

Ich war an eine bayrische Schöne angeschmiegt. Eine Kopfnuss erschütterte meine unkeuschen Gedanken. „Blamier uns nicht“, flüsterte mein Herr.

Die Kontrahenten zogen sich an gegenüberliegende Seiten des Sandplatzes zurück. Der Kampf begann mit einem Trompetensignal. Mein Herr so aufgeregt, dass er mir eine zweite Kopfnuss angedeihen ließ.

Beim ersten Rennen verfehlten sich die beiden Ritter, aber beim zweiten trafen sie einander dergestalt, dass beide von ihren Pferden geschleudert wurden. Zwei Trompeten bliesen schrill ein Spottlied.

Das nächste Kämpferpaar landete auf dem Kopf und strampelte mit den Beinen in der Luft. Vor der Tribüne beäugt, glichen sie Steckrüben. Neuerliche Trompetenverhöhnung.

Ein Besiegter konnte mehr verlieren als seine Reputation. Bei reinen Kampfturnieren fielen seine Waffen und sein Ross an den Bezwinger. Mehr als mancher Eisenmann besaß. Waren viele doch halbe Bauernlümmel, die sich die Requisiten ihres Standes ausleihen mussten.

Sandgewirbel. Dreißig neue Recken ritten ein. Unterschiedlich gekleidet und aufwendig herausgeputzt, Federn, Hörner, Glück bringende Tiere oder Puppen auf ihren Helmen tragend.

Ein Angriff wie bei einer Gorgonenschlacht. Alle krachten gleichzeitig aufeinander und alle, bis auf einen, wurden vom Pferd geschleudert und warfen ihre Gliedmaßen in die Luft. Die Zuschauer lachten Tränen. Ironischer Trompetenlärm. Mancher, der eben noch wie tot im Sand lag, bestieg eine Bank, schwang sich erneut auf sein Ross und griff, lanzenversorgt, einmal mehr an.

So ging dies eine brachiale Stunde lang. Meine Denknuss unterdessen gut massiert. Gähnte ich doch angesichts all der Mannhaftigkeit oder schoss ein Kügelchen auf die Turnierbahn, das ich aus meiner Nase gefischt hatte.

„Vom Nasenloch- zum Popelphilosoph", äffte ich, das feine bayrische Fräulein errötete.

Dann stellte ich mich im größten Angriffgetümmel schlafend. Da dies aber viele Lacher einbrachte, auch bei der bayrischen Verwandtschaft, hörten die Kopfnüsse auf.

„Weiter so, aber geschmackvoll", flüsterte mein Herr.

Nur ein Eisenmann schien mit seinem armen Ross verwachsen zu sein. Es war der junge Caspar Notthafft von Wernberg, ein einfacher bayrischer Ritter. Schon beim Fußturnier hatte er manchen Graf mit tüchtigen Hieben verdroschen.

Diese Tatkraft bewies der junge Caspar nun auch beim Tjost. Die Liebste als grün gekleidetes Püppchen auf seinem Helm in der Farbe des Gewandes, das die Angebetete am Turniertag trug.

Nun war die Puppe zerfetzt, der Kampfgeist des Verliebten aber ungestillt.

Dummerweise waren Herrn Caspar die Gegner ausgegangen, seine Lanze war ungebrochen. Ging das mit rechten Dingen zu? War sie tatsächlich hohl?

So beschloss er, das Triumphtor zu attackieren. Ließ sich Raum schaffen und stürmte mit solcher Wucht los, dass seine Lanze drei Handbreit in die Verkleidung des Portals eindrang. Der Aufprall war so unfassbar, dass das Streitross mit den Vorderläufen in der Luft hängen blieb. Ross und Reiter zur Skulptur erstarrt. Selbst Thomele verging das Gähnen und Popeln.

Caspars Knappe rannte herbei und jammerte: „Herr Caspar, stürzt Euch vom Pferd, wenn Ihr lebt."

Ächzend wie ein gefällter Baumriese fiel er aus dem Sattel. Das Publikum, zunächst starr vor Entsetzen, tobte minutenlang. Wie der Zwerg später herausfand, hatte der junge Rammbolzen sich an der Stechhand etliche Finger ruiniert. So wurde auch diese Heldenposse mit Blut veredelt.

Caspar Notthafft empfing den Turnierdank aus den zarten Händen der Edlen Anna Maria Eisenreich, an die ich mich angeschmiegt hatte. Dreißig Gegner hatten nicht vermocht, ihn in den Sand zu schicken.

Jeder wartete auf ein Wort vom Turniersieger, vom Lanzengott. Herr Caspars Halsmuskeln, vom Helm befreit, machten glauben, er könne barhäuptig gegen das Triumphtor anrennen. Holz gegen Holz.

„Allein mit der Kraft der Liebe habe ich gesiegt, der Liebe zu Anna Jacobe Lösch", druckste er dann mit so kindhafter Stimme heraus, dass ich laut ausrief:

„Ich bin das Zwergenmännlein. Weiß er dies nicht?"

Viele Lacher, eine Kopfnuss. Umso lauter schrie ich: „Wenn Ritter wie Zwerge reden, dann zieht ein Thomele in den Krieg!"

Als Zeichen meiner Entschlossenheit erhob ich meine Faust gegen den Turniersieger, der hilflos dreinblickte. Ein Paradebeispiel ritterlicher Hirnerweichung.

Um nicht vor aller Augen weiter seinen Zwerg zu züchtigen, trat mein Herr auf meine Zehen. Erst als auch der mächtigste aller Wittelsbacher auflachte, ließ er von mir ab.

Dem Sieger zu Ehren wurde eine Kartusche angefertigt:

„Caspar Notthafft bin ich genannt, also probier ich meinen Stand, auf meinem Helm führ ich die Zart, durch deren Lieb ich sieghaft war!"

Von seinem Zwergenstimmchen kein Wort. Helden und Humor vertragen sich nicht.

Es ging immer um Ruhm und immer um Frauen. Venus, die Helmzier vieler Ritter, verzauberte jeden Eisenmann. Machte den Fürsten zum Liebestölpel, den Turnierkönig zum Fatschenkind.

Hätte Thomele einen Karren gelenkt, der junge Herr Caspar wäre eingestiegen. Mein Herr auch in einen Henkerskarren.

Die Frau mit den schönen Nasenlöchern, flackerte sie in München auch nur als fernes Trugbild, würde weiter seinen Verstand verwirren.

Als ich das Geschrei hörte, glaubte ich an zänkisches Volk von der Straße. Nie könnte dies der den schönen Dingen zugeneigte Vater sein.

Dann hörte ich Onkel Bartlmä. Schrill. Im Kommandieren von Knechten und begriffsstutzigen Schreibern geübt.

„Die Fugger sind immer einig. Nur bei uns herrscht Zwietracht. Und warum? Weil mein Bruder zu nichts taugt, außer zum Spendieren und Charmieren."

Jetzt war es tatsächlich der Vater, der protestierte.

„Du bestimmst alles. Und wer hat das Mädchen verdorben? Sie glaubt, sie wisse alles. Mit deinen Lektionen hast du sie hochmütig gemacht. So ein überschlaues Luder bringt man an keinen Mann."

Darum ging es also: Ich sträubte mich, Willibald Imhoff zu heiraten. Sein Bart, struppig wie der eines alten Geißbocks, wucherte ihm über die Brust. Dabei blickten seine Augen in unterschiedliche Richtungen. Mag der alte Endres Imhoff auch ein erfolgreicher Safranhändler sein.

„Wenn er schielt, bleibst du auch im Alter schön. Die Blüte des Weibes ist kurz." So drang der Vater in mich, als die Imhoff'schen wieder nach Nürnberg abgezogen waren.

„Wir unterhalten ein Einkaufskartell mit ihnen, sie machen sich gut in sächsischem Silber, in schlesischem Gold und in Gewürzen. Philippine weiß das. Aber wenn ihr vor dem Jungen graust, ist das Gift fürs Geschäft", sagte Bartlmä zu meinem Vater, um Mäßigung bemüht.

Seit ich meine Monatskrankheit bekam, konnte es Vater gar nicht schnell genug gehen, mich unter die Haube zu bringen. Und Mutter weinte, wenn auch nie vor mir und den Geschwistern.

„Eine Welser zeigt Haltung", hat sie erst gestern Benigna einzuschärfen versucht, als diese sich mit dem Messer fast eine Fingerkuppe abschnitt unter Riesengebrüll.

Seelenruhig hat Mutter die blutende Wunde mit Kampfer betupft, bis das Blut versiegt war. Sie dann mit frischem Laken geschickt verbunden. Wieso weinte so eine vermeintlich unerschütterliche Frau?

Vor dem schielenden Willibald hatte Vater mich mit dem jungen Tucher zusammenbringen wollen. Er war ein Kopf kürzer als ich und hatte immer auf meine Brust gestarrt. Und sein Schweiß hatte nach Zwiebeln gerochen.

Die Wahrheit ist, dass ich für alle Imhoff, Tucher, Peutinger, Rehlinger, Meutting, Rehm, Baumgartner, Schellenberger, Ravensburger, Frickinger, Preißschuh, Gossembrot, und wie sie alle heißen, verloren bin.

Kapital, das brachliegt, wie Onkel Bartlmä dies nennt. Kapital, das brachliegt, für alle Patrizier, die ihre Söhne mit den Welserschen zu verbinden hoffen. Geld zu Geld, Geschick zu Geschick.

Ich bin fern jeder Vernunft. Fern jeder Zunft, fern aller Geldvermehrungsherrlichkeit. Fern von Angebot und Nachfrage. Fern von meiner Familie, die mich nicht mehr versteht. Fern von meiner heimlich weinenden Mutter, fern von meinem Vater, der mich verkaufen und sich dann von allem lösen will. Fern selbst von Bartlmä, der mich lehrte:

„Man darf keine Illusionen um eine Ehe haben, Geschäft ist Geschäft."

Innsbruck 1568

Das Eichkätzchen

Treppauf, treppab. Und dies einem Thomele.

Die Innsbrucker Hofburg, ein Spiegel ihrer Umgebung. Ein ständiges Auf und Ab, so wie dieses Land ein ständiges Auf und Ab ist.

Eine verbaute Herrschaftskiste. Nicht ohne Reiz für den Künstler. Meister Dürer, dem Chronist der kaiserurgroßväterlichen Adlernase, waren auch diese Verwucherung aus Türmchen, Erkern und Stiegen, wovon einige blind im Mauerwerk endeten, einige Skizzen wert. Und dies auf seiner hastigen Durchreise nach Italien.

Unmöglich, dass Ferdinands Entourage in das vorgesehene Haus gepasst hätte. Auch wenn der Kaiserurgroßvater mit dem Wappenturm, dessen sechsundfünfzig Kartuschen die Länder seines Reiches präsentierten, und dem Goldenen Dachl wirklich Eindrückliches geschaffen hatte. Feuervergoldet, wie so vieles in dieser Familie.

Selbst nach dem Erwerb benachbarter Bürgerhäuser mussten Höflinge noch in einem der zwanzig Wirtshäuser oder bei Privatleuten um ein Nachtlager bitten. Nur wenige Würdenträger besaßen ein Stadtpalais wie der langbeinige Graf Trapp.

Ferdinands Hofstaat war auf gut 220 Personen angeschwollen. Darunter Großtuer wie Obersthofmeister Graf Franz von Thun, Hofmarschall Graf Wilhelm von Zimmern, Oberstkämmerer Blasius Khuen, Oberstallmeister Caspar von Wolkenstein und Hofkanzler Dr. Wellinger samt ihrer Hofschranzen. Dann galt es noch solche, die tatsächlich etwas taten, unterzubringen:

Die Türhüter der Hofkanzlei, der Hofpfennigmeister, der Kontroller, sechs Kämmerer und Kammerdiener, ein Garderobier, Ferdinands Leibbarbier, ein Kammerfurier, diverse Kammertürhüter, ein Kammerschreiber, zwei Leibärzte, ein Apotheker, der Wundarzt, der Oberstsäbelmeister, der Silberkämmerer, drei Mundschenke, drei Vorschneider, Giftbecher-Gustl als Vorkoster, zehn Truchsessen, fünf Kellerleute, ein Küchenschreiber, drei Einkäufer, zwei Proviantmeister, vier Mundköche, der Zuschroter, Jost als Pastetenkoch, ein Hof-Sommelier, zehn Köche, drei Küchenträger, ein Gewusel an Küchenhelfern, zwei Markträger, der Kuchenportier, breitschultrige Holzhacker, drei Silber- und drei Lichtdiener, ein Beichtvater, vier Kapläne, ein Kapelldiener, ein Organist, ein Kapellmeister, zehn Sänger, diverse Kapellknaben, elf Hofmusiker, ein Heerespauker, ein Futtermeister, zwei Rossbereiter, Sattel- und Stallknechte, ein Rüstkämmerer, ein Hof-Furier, ein Stiefelbewahrer, ein Hofschmied samt Knecht, ein Dutzend Lakaien, ein Wildhetzer, zwei Waidleute, acht Jäger, ein Gamsjäger, vier Falkner, zwei Hundsbuben, ein Präparator, der Hauptmann der Trabanten, die die Hofburg bewachten, und dreißig Mann mit Hellebarden, Schwert und Spießen, ein Hoftapezierer, ein Wasserkünstler, ein Gartenmeister, Ferdinands Leib- und Mundwäscherin, Hofwäscherinnen überhaupt, sieben Tafeldiener, drei Heizer, zwei Maler, ein fürstlicher Leibschneider, ein Leibschuster, der Hofportier, ein Ballonmacher und Edelknaben, die das Adelshandwerk erlernten.

„Ein kleiner Jungesellenhaushalt“, wie Albrecht von Bayern meinte.

Zwischen all den Pöstchenverrichtern tummelten sich Wesen rein für Ferdinands Pläsir und Ansehen. So der in seinen Gliedmaßen verdrehte Wurzelmuck, drei Mohren, eine amethystäugige türkische Jungfrau, ein Haarmensch zu Besuch aus Wien und natürlich der unbeholfene trentinische Bauer Giovanni Bona als Riese und ich.

Für mich, den König unter den Abnormen, war die Hofburg eine Zumutung. Wie war es möglich, dass Ferdinands Huren in einem eigenen Palast residierten, während das Staunen der Welt in einer royalen Rumpelkammer zu Schaden kam?

Dass es dem Riesen an Platz fehlte, erschloss sich gleich. Sein Anecken ging zu Lasten der Personen, die er in seinem ganz normalen Bewegungsablauf unterpflügte. Ein Thomele war in dem düsteren Labyrinth der Hofburg schnell in Lebensgefahr.

So fasste ich einen Plan, mit dem überdimensionierten Bauern als Körper und Thomele als Hirn; Giovanni war mein Christophorus, ich das Jesuskind. Und ich verkünde euch: Niemand wurde je imposanter durch Menschenströme getragen, die Machtzentren so zu eigen sind.

Dass mein Beschützer dabei die vorlaute Gattin des Hofrats Wernuschel eine Stiege hinunterfegte – ein peinliches Versehen. Dem gleichsam unbeliebten Hofpfennigmeister Zinser schlug ich eine Tür vor die Stirn. Zufällig.

Als Ferdinands Mundkoch Rumpolt mit einer Cremetorte Richtung Festtafel strebte, bewies diese eine so erstaunliche Flugbahn, dass gleich drei Höflinge, darunter Kaspar Möller von Möllenstein, Ferdinands Kammerdiener, und Sekretär Schrenk Kostproben erhielten. Mit Haut und Haaren. Schrenk, ein zuckersüßer Günstling, hieß fortan der Tortenkopf. Von meinem mobilen Ausguck aus war ich zwischen das Backwerk und dessen Erschaffer geraten. Gänzlich unbeabsichtigt.

Rumpolt sollte uns bald doppelt verfluchen. Er hatte Geschirr aus der Küche verschleppt und manches Stück Wildbret verkauft, das für die fürstliche Tafel bestimmt war. Beim Wein plagten ihn und den Sommelier der größte Durst. Aber es war Rumpolt, der grob zu den Mägden war. Thomele hatte auch ausspioniert, dass der Sommelier den Kellerschlüssel oft seinem Weib überließ. Mit ihr sogar ein Kellerstübchen eingerichtet hatte, wo sie „bankettierten und jubilierten".

Und es begab sich, dass der Zwergen-Jesus im dunklen Weinkeller verloren ging und seinen Beschützer herbeirufen musste. Im Ton absoluter Bedrängnis, der dem hart gesottenen Riesen derartig durch Mark und Bein ging, dass er den Sommelier, dessen Gattin, Rumpolt und zwei externe Gäste unter einem Regal begrub, gefüllt mit Krügen und Gläsern.

Wieso ausgerechnet Rumpolt noch ein Weinfass auf den Fuß fiel, wurde nie geklärt. Der arg lädierte Mundkoch und der Sommelier verbüßten ihre Verfehlungen mit Gefängnis. Rumpolt sogar mit der Entlassung aus dem Dienst.

Doch erst ein Spielabend verlieh meinem Plan die erhoffte Dynamik. Dazu völlig schuldlos. Einmal mehr schwebte ich über der Hofgesellschaft mit der Bitte, mein Christophorus möge mich an einem Tric-Trac Tisch platzieren, meinem Lieblingsspiel. Dabei fädelte der Riese ein Zwergenbeinchen in einem Wandkronleuchter ein. Wachs ergoss sich auf die Spielsüchtigen, darunter der Tortenkopf, der so zum heißen Tortenkopf wurde. Auch der hitzigen Wernuschel hätte nur noch ein Docht gefehlt, um sie anzuzünden. Beide veranstalteten ein Geschrei und lagen meinem Herrn tagelang in den Ohren. „Der Zwerg ist des Teufels, er wird noch den halben Hofstaat meucheln", bis Ferdinand beschloss: Das falsche Jesulein, sein Thomele, muss weg!

Da mein Herr jedoch kaum mein Herr wäre, wenn Frechheit ihm nicht imponierte, erhielt ich – statt des geforderten Kerkers, der heiße Tortenkopf hatte sogar eine öffentlichen Auspeitschung vorgeschlagen – mein eigenes Terrain.

Ja, ein eigenes Haus fiel mir zu. Keine Zwergenkiste. Ein wuchtiges Eckhaus aus steingrauer Höttinger Breccie errichtet und vier Stockwerke hoch. Eines Thomele würdig. Mein Hauseingang öffnete sich zum Innenhof der Hofburg hin. Mein Weg zur Arbeit, ein Kinderspiel! Was einmal mehr beweist: Einen Zwerg mit einem Plan hält keine Macht der Welt zurück.

Nun ergab sich das Problem, dass der Riese, der Spaß an seiner Tollpatschigkeit gefunden hatte, diese nun umso heftiger zelebrierte. „Hat die Muckeschisse eine Hause, wille auch Giovanni Hause", soll er mehr als einmal ausgerufen haben, wenn Geschirr, Lampen oder wieder ein Höfling zu Bruch gegangen war.

So wurde auch mein Christophorus zum Hausbesitzer. Eine glückliche Fügung, dass unsere Domizile nachbarschaftlich lagen. Mehr noch, sie waren durch einen Flüsterbogen zu meiner Linken verbunden. Eine perfide Erfindung. Sie funktionierte dergestalt, dass Worte an meiner Hausseite in einen ausgefrästen Steinbogen leise hineingesprochen auf der Riesenseite umso lauter ankamen. Lauscher, die vor dem Flüsterbogen standen, hörten nichts.

„Muckeschisse ise kluge Scheiße", flüsterte der Riese anlässlich seines Einzuges.

„Der Riese ist große Scheiße", zischte sein Zwergenwohltäter zurück.

Auch war mein Haus größer als Giovannis. Dies hatte schon Erzherzog Sigismund vor fast hundert Jahren für seinen Riesen Nikolaus Haidl errichten lassen. Der blickte immer noch grimmig als lebensgroße Steinfigur von einer erhöhten Nische am Hausportal auf die Hofgasse und den Innenhof der Hofburg herab.

Verständlich, dass einem Thomele so viel Riesentum missfiel. Besaß mein Haus doch gleich zwei Erker, die den Zugang zum Innenhof der Hofburg und die angrenzende Stiftgasse überblickten.

Sofort ließ ich auf dem noch feuchten Putz meiner Hausfront ein Fresko anbringen. Ihr könnt mich noch heute in einer aufgemalten Steinnische sehen. Das Spielbein leicht angegrätscht zum Tanz. Anmutig. Ich trage meinen nachtblauen Festanzug aus Prag mit den goldenen Knöpfen, nachtblauer Mütze, eine weiße Halskrause aus feinster Brüssler Spitze und einen goldenen Gürtel. Jeder, der die Hofburg über den Innenhof betrat oder verließ, sah – und sieht noch immer – zuerst mich.

Ein kleiner nachtblauer Geck mit allzu wissenden Augen. Für das unwissende Volk ließ ich „Hofzwerg

Thomele 1566" daruntersetzen. Obschon an das Haus zu diesem Datum noch gar nicht zu denken gewesen war, doch auch mein Herr nahm es mit Zahlen nicht so genau. Vor allem mich betreffend. Und klingt es nicht beachtlich, dass der Vizekönig von Böhmen und designierte Herrscher Tirols für seinen Liebling schon von Prag aus ein Refugium in Innsbruck erwarb?

Damit der Miniatur-Adonis nicht mit einem Seitenblick abgetan wäre, ließ ich die heilige Maria über mir schweben. Diese ganze Herrlichkeit wurde noch von einer Banderole umrahmt:

„Unter Gottes Segen und Marias Hand ist dieses Haus dem kleinen Riesen zuerkannt."

Der Auswuchs meiner Eitelkeit gefiel meinem Herrn so gut, dass er ihn anstandslos bezahlte. Einmal mehr stolz darauf, der Besitzer des kleinen Riesen zu sein.

Ferdinands Begeisterungsfähigkeit hatte jedoch auch ein anderes Gesicht. Immer schon war er ein passionierter Jäger gewesen. In Böhmen waren die Jagdgründe von Bürglitz, Komotau und Bresnitz, wo er Besitzungen unterhielt, mitunter wie leergefegt.

Diese Leidenschaft wurde in Tirol zur Manie. Nun musste ich ständig vor Ferdinand auf seinem nervösen Hengst sitzen, bis ins Gedärm durchgeschüttelt. Oder ich mühte mich, auf meinem Kurzen mit der Jagdmeute Schritt zu halten. In dieser faltigen Landschaft.

Die Berge um den Achensee und die berühmte Martinswand, deren Unzugänglichkeit dem Kaiserurgroßvater fast das Leben gekostet hätte, wäre nicht ein Engel zu seiner Errettung erschienen, waren auch Ferdinands Lieblingsreviere.

Bald nach der Übersiedelung ließ er jedoch von Schwazer Bergleuten einen bequemen Zugang durch die schmale Kranebitter Schlucht zur Martinswand schlagen. Unter uns: Er liebte es nicht, flüchtigen Gämsen bis in den nackten Fels nachzusteigen, so wie es der kernige Maximilian getan hatte. Zog überhaupt die Treibjagd vor.

Ließ an der Martinswand sogar ein „Lusthäusel" errichten, „darin die fürstliche Durchlaucht mit dem Arsch Gämsen erlegen kann", wie Blasius Gufler, sein Gamsjäger, kehlig aussprach. Mit einer Miene, die verriet, was er von der Jagd im Sitzen hielt.

Damit Ferdinand die „Arschjagd" nicht fad wurde, hatte er einundfünfzig Gewehre. Darunter Pirschbüchsen und Schrettlbüchsen, die meisten mit silbernen und goldenen Beschlägen.

Tirols Steinböcke hatte der Kaiserurgroßvater schon ausgerottet, wobei Blasius bei Taufers und im Solsteingebiet angeblich noch welche erspähte.

Über seine Jagderfolge ließ Ferdinand Buch führen und legte es in der Bibliothek der Hofburg aus. Es wurde Gästen inbrünstiger unterbreitet als jede Bibel. Das Jahr seiner Ankunft in Tirol sollte sein Bestes bleiben:

58 Hirsche, darunter 4 Sechzehnender, 64 Rehe, 12 Keiler, 35 Böcke, 75 Bachen, 103 Frischlinge, 30 Hasen, 5 Füchse, 262 Rebhühner – 118 davon mit dem Habicht, 32 mit Sperbern und 27 mit hohen Netzen –, ferner Wachteln, Lerchen, Fasane, Wildgänse, Enten, Tauben, einen Birk- und einen Auerhahn, Geier, Reiher, Elstern, Krähen und Eichkätzchen hatte er erlegt. Diese waidmännischen Erfolge vermerkte er genauestens in einem Buch. Darin auch 49 Bauernhunde und zwei totgeschossene Katzen.

Während dieses Jubeljahres war er 235-mal zum Schuss gekommen und hatte 161-mal getroffen. Einige Mehrfachtreffer darunter. So verrät das Diarium: „am 18. Juni hat der Erzherzog in einem Schuss geschossen ein Zehner, ein Sechser und einen Zwölfer". Ein andermal erlegte er „mit zwei Schüssen drei Reh und mit einem Schuss zwei Enten".

Selbst die Fangjagd liebte er. Auf Rehe und Hasen mit hohen Netzen. Im Winter verfingen sich sogar zwei Wölfe darin.

An Maria Empfängnis dirigierte mein Herr uns zum Glungezer. Dieser südlich vom Inn aufragende Gebirgszug schließt an den gutmütig gerundeten Patscherkofel an. Im Winter ist der Glungezer ein schattiges Loch. Ein gefährliches obendrein. Soll doch auch auf der Tulfeiner Alm ein Riese hausen. Wenn er laut brüllte, gingen Muren und Lawinen ins Tal, hieß es.

Dennoch trieb es Ferdinand genau dorthin. Im Spätherbst hatte der Gämsenhüter das Wild vorm Entdecktwerden geschützt. Dies ist ein Hochnebel, so dicht, dass man kaum die Hand vor der eigenen Nase zu erkennen vermag.

Kurz nach Mitternacht waren wir aufgebrochen. Hatten die Anhöhe von Schloss Ambras passiert, als Föhn die Wolkendecke aufriss – wie ein Jäger, der die Bauchdecke einer noch warmen Hirschkuh aufbricht, mit dem entweichenden Lebensdampf rötliche Sterne und einen blutigen Mond im Firmament verstreut. Föhn ist eine Heimtücke des Wetters im Gebirge, die jeden klaren Gedanken aus dem Kopf bläst. Mein böhmischer Schädel gewöhnte sich nie an diese Blähungen des Teufels.

Der Schnee lag so hoch, dass mein kleiner Brauner kaum vorankam. Dass ich absteigen musste und sich meine Erschöpfung in Beschimpfungen gegen diese Geröllhaufen, ja diese ganze sinnlose Bergsauerei ergoss. Grollte in der Ferne nicht eine Lawine?

Irgendwann begann ich nach der Bergsauerei zu treten. Mit meinen feinen weißen Stiefeln. Wo ich eh schon außer Atem war.

Lag es an meiner Zwergenwut, dass Blasius den Riesen vom Glungezer auferstehen ließ? Mit höhnischem Blick auf mich.

Dieser hätte vier Töchter des Hirtenkönigs, allesamt Schönheiten, in einem See ertränkt, dem „Schwarzen Brunn". Aus Wut, da keine hätte seine Braut sein wollen. Er sei dann vor Kummer immer kleiner geworden. Wäre zu einem eisgrauen Bergmännlein geschrumpft.

Die Waidleute und unsere Hundsbuben lachten. So auch mein Herr. Viel zu geräuschvoll für eine Jagdgesellschaft.

Leuchte der Mond rötlich, so wie heute, sähe man die Prinzessinnen über dem schwarzen Wasser schweben, fuhr Blasius fort. Ehe sie verschwänden, winkten sie dem Bergmännlein zu. Als Zeichen ihrer Vergebung. Dem ungeachtet, würde sich ihr Mörder immer und immer wieder in das Gebirgswasser stürzen. Fände des Hirtenkönigs Töchter aber nie auf dem eisigen Grund. So ergehe es dem Riesen vom Glungezer, der zu einem Zwerg geworden sei, so wie ich.

„Wie die Geschichte wohl ausgeht, wenn mein kleiner Riese am Ufer sitzt?" Kaum hatte Ferdinand laut gedacht, war er nur noch mit Mühe davon abzuhalten, mich wie einen Wolfsköder an einer Zirbe anzubinden, die schief aus der Schneedecke herausragte.

Jetzt war es Blasius, der Ferdinand gut zuredete. Der ihn überzeugte, dass dieser beim Aufstieg so lästige Zwerg ja eigentlich ein Glückbringer sei. „Ein Gämsenfreund", wie er sagte. Sei das Wild hier doch an einen Kleinwüchsigen gewöhnt und wittere also keine Gefahr, wenn es einen sähe.

Fortan musste ich in dieser kalten, düsteren Ödnis der Jagdgesellschaft vorangehen. Brach mehrmals bis zum Bauch ein.

Doch sollte ich die erste Gämse erspähen.

Wie durch ein Wunder blieb der junge Bock bei meinem Anblick ungerührt. Auch mein Ringen um Atem alarmierte ihn nicht, denn so ein Krepierling wie ich könnte nie ein Tiroler sein. Ein Jäger schon gar nicht. Der Bock kam näher. Die Kugel meines Herrn zerriss ihm die Flanke.

Drei Gämsen mussten ihre Zwergenvertrautheit in dieser Nacht noch mit dem Leben bezahlen. Darunter eine Geiß mit ihrem Kitz, die zu schießen Blasius meinem Herrn abgeraten hatte.

Ferdinands Jagd-Gesetze verrieten die dunkle Seite seines Wesens, die der Bischof von Trient einmal benannte hatte: „Ferdinand will nicht nur geachtet, sondern auch gefürchtet sein."

So hatte er verfügt, dass Wilderer nicht nur mit Kerkerhaft, sondern auch mit dem Verlust ihres Augenlichtes zu bestrafen seien. Eine Strafe, wogegen die Bauern heftig opponierten und die Landstände für sich gewannen. Die Blendung sei eine in Tirol weder bekannte, noch dem Wesen der Bewohner angemessene Strafe, schrieben sie an Kaiser Maximilian II., der seinen Nimrod-Bruder seinerseits durch ein Schreiben mäßigte.

Auch Ferdinands Verfügung: „Bauernhunden ist die rechte Pfote abzuhacken, damit sie nicht auf Hirsche gehen", sorgte für Befremden unter den stolzen Bauern, die ihre Hunde nicht verstümmeln mochten.

Im ersten Licht machten wir uns auf den Heimweg. Ich war im Gedanken schon in der Hofburg bei einer Magd, um mich an ihrem noch bettwarmen Körper aufzuwärmen.

Ferdinand hieß uns plötzlich anhalten. Auf Höhe der Ambraser Burg ging ein merklicher Ruck durch seinen Körper. Er hatte in einem Fenster ein Licht erspäht.

„Die Damen sollen auch einen Braten haben", sagte er und ließ sich die Geiß und ihr Kitz an den Sattel binden. Dann gab er seinem Ross so heftig die Sporen, dass es sich aufbäumte und Ferdinand einmal mehr als verliebter Heißsporn entlarvt war.

Er ließ einen verblüfften Jagdtross zurück. War es doch selbst mir bisher kaum erlaubt, den Namen der Frau mit den schönen Nasenlöchern auch nur zu erwähnen. Hätte ich mich, meiner Zwergenneugier folgend, heimlich gar nach Ambras aufgemacht, hätten schlimmste Konsequenzen gedroht. Wer einen Edelmann auspeitschen ließ, würde einen Zwerg nicht verschonen. Meine Narrenfreiheit, die mir in der Hofburg schon oft den Kragen gerettet hatte, hätte dort kaum gegolten.

Ambras war ein verbotener Ort. Kein Hofburgler wurde dort geduldet, so, wie Ferdinands Huren nicht in der Hofburg geduldet waren. Niemand, den ich kannte, auch niemand, der jemanden kannte, der hätte berichten können, war bisher je in Ambras gewesen. Es hatte einen eigenen Hofstaat. So verschwiegen, wie man es sonst nicht kennt. Welche Magd oder welcher Torwächter schweigt, wenn schon eine kleine Indiskretion ein stolzes Sümmchen einbringen kann? Hatte man den Bediensteten, nach Kalifenart, die Zungen herausgeschnitten?

Solche Geheimnistuerei gefiel einem Thomele nicht. Doch auch die Tiroler wetzten sich ihre Schnäbel an dem geheimnisvollen Ort. Vom Unter- bis ins Oberland.

„Ferdinands Huren halten dort Hexensabbat", hieß es. Dies erkläre die Särge, die ein Hiesiger bei der Ankunft der Damen gesehen haben will. Kleine Särge, würden sie doch Kinder schlachten.

„Die Huren seien verkleidete Alchemisten. Pures Gold spinnen sie aus Stroh", hatte ein Aldranser Fuhrmann berichtet.

Ließen nicht sogar Ferdinands fromme Schwestern aus Hall verlauten, ihr Bruder lebe in unvorstellbarer Sünde?

Jeder Fremde auf der Durchreise wunderte sich über dieses böhmisch-italienische Lustschloss inmitten des rustikalen Tirols.

Doch so einfach wurde meine Neugier nicht befriedigt. Bevor Ferdinand losgeprescht war, hatte er seinen Jagdtross für den Tag entlassen und den Waidhelfern geheißen, den Restabschuss unverzüglich der Küche der Hofburg zuzuführen.

Ich hingegen sollte hundert Fuß vor dem Burgtor warten, so sein Befehl. Er kannte seinen Thomele.

Blasius hängte mir eine schweißige Rossdecke über, bevor er grinsend davonritt.

Es war lächerlich: mein Herr hatte mich, den kleinsten Mensch der Welt, das Staunen aller, die Augen hatten, einem Aussätzigen gleich, auf einem vereisten Feld zurückgelassen, um Huren – sie wären tausendfach ersetzbar – ein Stück Fleisch zu bringen? Ein Liebesstelldichein genoss der Hagestolz. Unterdessen erfror sein treuester und teuerster Gefährte vor den hohen Mauern dieses Ortes der Sünde. Entkräftet und durchnässt. Von der inneren Kälte will ich gar nicht erst anfangen.

Gerade wollte ich meinen Kurzen wenden und nach Innsbruck antreiben, als vier Gestalten aus dem Tor preschten. Ferdinand und drei Weiber.

Die Frau mit den schönen Nasenlöchern und die mittelalte Loxan brachten ihre Füchse vor mir zum Stehen. Schnee spritzte in mein Gesicht. Eine Ältere, die ich nie zuvor gesehen hatte, hielt sich abseits. Alle drei taxierten mich, grußlos. Ein blau gefrorenes Häufchen Elend, das unter einer stinkenden Rossdecke hervorspähte. Die Schlafweiber im feinsten Zobel.

„Er musste in der Kälte warten?“, fragte die Junge und blickte streng zu Ferdinand. Der zuckte wie ein Hanswurst mit den Schultern, eine Geste, die ich noch nie bei ihm gesehen hatte.

Schon war die Junge auf und davon. Ferdinand gab meinem Kurzen einen Schlag auf die Kruppe und wir jagten ihr hinterher.

Alle Weiber hatten kleine Jagd-Armbrüste am Sattel angehängt. Wohl für die Vogeljagd gerüstet.

Schon erreichten wir den nahen Wald am Paschberg. Im wilden Zickzack-Parcours ging es um Bäume und schneeschweres Gebüsch. Meine eigene kleine Armbrust zu fassen, wäre mir unmöglich gewesen.

Eine Kiefer, die ich streifte, ergoss ihre Schneelast auf mich. Nur mit Mühe hielt ich mich im Sattel, während Ferdinand über den Zwerg mit der weißen Haube lachte.

Ich wischte mir Schnee aus Gesicht und Kragen, als die Junge einen Schneehasen erspähte, flink ihre Armbrust spannte und mit dem Bolzen ihr Ziel traf.

Ihre schönen Nasenlöcher zitterten, als sie Ferdinand den weißen Balg direkt vor die Nase hielt. Respektlos. Doch die Dreistigkeit seiner Hure schien ihm zu imponieren. Er nannte sie „mein Täubchen" und pries sie vor der Loxan mit süßen Worten. Die untersuchte das Langohr von ihrem Pferd aus.

„Glatt durch Herz", sagte sie. „Glatt durch Herz, wie alles was Pine erlegt", ergänzte sie und lächelte Ferdinand an.

Die Junge setzte ihrer Hurendreistigkeit noch eines auf, indem sie aus meinem Kragen eine Handvoll Schnee herausfischte, einen Ball daraus formte und diesen nach dem Erzherzog warf. Der lachte trocken auf und riss sein Ross herum, in die Richtung, in die die Junge nun floh.

Mein Kurzer zuckelte den Riesengäulen mit nur mäßiger Begeisterung hinterher. Die Gamsjagd hatte ihn so erschöpft wie mich, während die Huren ausgeruhte Rösser hatten und auch Ferdinand mit einem frischen Rappen aus dem Tor geritten war.

Er hatte alles im Übermaß. Gleich drei aktuelle Schlafweiber und einen zweiten Hofstaat für seine Unzucht. Diese Verschwendung musste die Tiroler befremden.

Als ich an die Dreiergruppe herankam, sah ich die Loxan auf ein rotes Eichkätzchen anlegen. Sah seine buschigen Ohrspitzen im Föhnwind zittern. Oder etwa vor Aufregung? Es schien ein junges Tier zu sein.

Unbeirrt ritt ich dem Hurenweib in die Parade. Wo Eichkätzchen doch die Kobolde der Wälder sind und Thomele sie liebt.

Ferdinand wollte meinen Kurzen ablenken, wobei seine Peitsche auch meinen Rücken traf. Mein Pferd scheute und mein Schädel verschwand im Schnee, um alsbald wieder aufzutauchen. Vollführte mehrmals dieses beachtliche Manöver, scheinbar vom Körper losgelöst. Dann knirschte es. Irgendetwas zerbrach.

Seit ich dem Kerl begegnet bin, spaziert er durch meinen Kopf. Die Augen eisgrau, die Nase spitz, die Mine zwar vom Bartwuchs in ihrer Schärfe gemindert und dennoch tollkühn. Nein, irgendwie herrisch. Kein Gesicht, das gleich gefällt. Ein Wichtigtuergesicht.

Bei der Hochzeit Benignas mit Albert hatte ich ihn zum ersten Mal erblickt. Die große Schwester hatte einen guten Fang gemacht. Die Kolowrat-Liebsteinskys, ein altes Geschlecht. Es war für die Tante ein Leichtes, die Fäden zu knüpfen als Gattin des Vizekanzlers von Böhmen.

Tante Loxan, mein Vorbild: Die schönste der Adlerschwestern hat den besten Mann erwischt, die Loxan sind alter schlesischer Adel und Onkel Georg ein leibhaftiger Graf.

Kein Zufall, dass der Vizekönig von Böhmen den Hochzeitern auf Tochowitz gratulierte. Er tanzt auf allen Hochzeiten, nur nicht auf seiner eigenen, hieß es.

Beim Tanz schritt er dann so zierlich und sprach so wunderliche Dinge. Anders als ein Kaufmannssohn. War übermütig, gewinnend.

Erst nach Monaten sah ich ihn wieder. Vier Sommer vor dem Religionsfrieden muss es gewesen sein. Beim Reichstag war er noch nicht im Tross seines Vaters gewesen. Urkundengefeilsche passt nicht zu diesem Gesicht.

Zeigte sich erst beim Augsburger Kröndlgestech. Dem ersten Turnier, das ich verfolgte, obwohl ich mir nichts aus diesem rohen Handwerk mache. Auf dem Feld der Ehre brillierte er. Selten genug, dass ich hinsah.

Im Festsaal des Rathauses stach er erneut heraus. Sein modisch gepolsterter Hosenlatz stand wie eine Faust vor seinem Schoß. „Der hat eine Zirbelnuss als Gemächt", flüsterte Rehlinger, seinen Ratsherren zugewandt. Alle lachten, auch Onkel Bartlmä. Ist die Zirbelnuss doch das Wahrzeichen der Stadt.

Und dennoch hat er mich verdorben, dieser Habsburger Geck. Gerade, wenn ich einem vermeintlichen Bräutigam schöntun soll. Nun wäre ich eine Närrin zu glauben, dass so einer an eine Kaufmannstochter denkt. Eine, mit der er zwei-, dreimal getanzt hat. „Die Krone ist nur ein Hut, in den es hineinregnet", sagt Onkel Bartlmä immer.

Ambras 1569

Wenn der, der liegt, ausschaut wie tot

Als ich erwachte, wähnte ich mich noch im Schnee. Das Licht so gedämpft, wie wenn nur die Idee eines Tages in eine Schneehöhle eindringt. So wie in diesen Schneebergen die Welt überhaupt nur als Idee zu existieren scheint. Doch der Schnee war nicht kalt auf meinem Gesicht. Dies musste ein Verband sein. Ein Kopfverband, der auch die Augen bedeckte.

Als ich meinen Kopf heben wollte, merkte ich, dass er wie eine Bleikugel dalag. Als ich meine Arme heben wollte, um dieses Ding zu berühren, gehorchten sie mir nicht. Jeder Atemzug ein Messer in meiner Brust. In meinen Knochen ein Kribbeln, wie wenn ein Käfer durchs Mark kriecht.

Nur ein Gefühl übertrumpfte diese Unerfreulichkeit. Die Gewissheit, dass meine Blase zum Bersten voll war. So gönnte ich mir zumindest diese Erleichterung.

„Er macht sich nass“, rief eine helle Frauenstimme.

„Das sehe ich auch“, antwortete eine dunklere Tonlage. Während es untenherum warm und feucht wurde, beratschlagten die Damen, wie ich herauszuschälen sei. Zerbrochen, wie ich war.

Es schmerzte, doch man wusch mich mit Wasser, das nach Rosen duftete.

„Keine Angst, kleiner Mann, ich will dein Bestes“, sagte die dunklere Tonlage, während eine Hand durch meine Ritzen fuhr. Was gesäubert war, wurde dick mit

Schafstalg bestrichen, man roch es, und in Tücher gewickelt. Sicher eine erfahrene Kindsmagd.

Das sollte längere Zeit so gehen, denn bei diesem denkwürdigen Jagdausflug hatte ich mir auch noch die Blase verkühlt.

„Wenn Gott will, wirst du wieder sehen. Wir tun in Ambras das unsere", sprach die dunklere Tonlage und verschwand.

Und wenn Gott beschäftigt wäre? Schließlich hatte er Thomele in diese Lage kommen lassen: Er lag im Hurenpalast – als Wickelkind!

Zu sterben wäre keine schlechte Sache. Allein schon aus Trotz, kam mir in den Sinn.

Doch wie sich umbringen, wenn man bis zum Scheitel bandagiert ist und unfähig, ein Fingerchen zu rühren?

So beschloss ich, mich einmal im Leben in Geduld zu üben. Abzuwarten, wo Unrast doch das Wesen des Dämons ist.

Zu nutzen, was mir geblieben war: Ohren hatte diese zerbrochene Gliederpuppe noch.

Nun war kaum auszumachen, ob die kleine Mumie wachte oder schlief. Ein Indiskretionsvorteil, der einem Thomele gefiel.

Dumm nur, dass ich die Stimmen von Ferdinands Gespielinnen kaum im Gedächtnis trug. Die Frau mit den schönen Nasenlöchern hatte ich nur einmal reden hören, mit erhitztem Atem vom Pferd herab. Gleiches galt für die Loxan, die Eichkätzchenmörderin, sofern sie getroffen hatte. Die vermeintlich Dritte von Ferdinands Gespielinnen hatte mich nur stumm angestarrt.

„Er hätte ihn nicht schlagen sollen“, sagte eine Stimme irgendwann. „Er ist ein Hitzkopf. Er schlägt jeden, der sich gegen uns stellt. Bis auf seine Familie, da kuscht er,“ antwortete die dunklere Tonlage.

Meine Wickelmagd! Wie konnte sie so reden?

War sie auch eine Hur’ und dieses Ambras ein Harem?

Unwahrscheinlich, dass Ferdinands Familie sich für so eine interessierte. Die Frauen des Hauses Habsburg waren im Umgang mit Mätressen geübt: man ignorierte sie.

Und Ferdinand war ledig. Sollte diese Gans ihre Schlafzimmermacht genießen. Sie wäre kurz.

„Die Liebe geht, der Zwerg bleibt“, so hatte mein Herr bei der Münchner Fürstenhochzeit Julius von Riva abgekanzelt, der mich gerne besessen hätte. Auch Ferdinands Kaiserbruder hatte hinlänglich andere Sorgen, als die Amouren seines jüngeren Bruders zu verfolgen. Und Karl, der Nachgeborene, war in der Steiermark selbst kein Kind von Traurigkeit.

Alle drei Brüder waren lendenfroh. Deren zahlreiche Schwestern rechte Betschwestern jedoch. Allen voran Ferdinands Schwestern in Hall. Gleichwohl, was wäre die Buße, ohne die Würze der Sündhaftigkeit? Es war überhaupt so, als ob die Töchter Anna Jagiellos sich zu Lebzeiten darin übten, dereinst beim Jüngsten Gericht Fürsprecherinnen ihrer Brüder zu sein.

„Er ist winziger, als die Knaben in ihrem dritten Sommer waren“, hörte ich die Pflegeweiber ein andermal reden.

Welche Knaben? Hofknaben? Oder die geraubten Kinder, über die man sich in Tirol die Mäuler zerriss? Es sollten ja merkwürdige Dinge geschehen in Ferdinands Serail.

Leider bekamen meine Ohren nur wenig Nahrung. Die Dienerschaft schien vor meiner Zwergenneugier gefeit.

Zumindest pflegte man mich eifrig. Übereifrig. Tröpfelte warmen Sud aus Eichen und Wacholder in meinen Mund. „Eichenlaub und Kranewitt, das mag der Teufel nit“, schimpfte die dunklere Tonlage, als ich ausspie.

Legte mir klebrige Wickel mit Zwiebeln und Honig auf die Brust. So heiß, dass sie mich fast verbrühten. Sie kochten jedoch den Husten heraus.

Meine Wunden wusch man mit Wein. Schade, um das gute Getränk, während man mich mit saurem Gesöff malträtierte. Behauptete die dunklere Tonlage doch, sie hätte Perlen in Essig aufgelöst und Augen von Flusskrebsen zu Pulver zerrieben, um mich zum Leben zurückzuführen. Es mochte teuer sein, schmeckte aber fürchterlich.

Auch meine Blasenschmerzen behandelte sie. Strich warmen Senf auf meinen entblößten Schoß. „Würstchen mit Senf“ rief sie. Ein Scherz, der den vermeintlich unter seinem Verband schlafenden Würstchenbesitzer lachen machte. Ein schmerzhafter Scherz bei lädierten Rippen.

Nun förderte der Aufstrich die Durchblutung dergestalt, dass meine Wickelmagd flink alles abwusch. „Schau, was das Kerlchen schon vermag“, kicherte eine Stimme. Im Mörser zerstoßenes Katzenschwanzkraut brachte den gleichen Effekt. Seinen Namen trägt es zu Recht. Kurios genug, meine Blase gesundete. Auch meine Träume kehrten zurück. Männerträume.

Sicher hatte Ferdinands Leibarzt, Dr. Handsch, der ihm schon in Böhmen beigestanden hatte, den Ambraser

Weibern seine Heilmethoden und Rezepturen diktiert. Seltsam nur, dass er nie vorbeikam.

Nur nach meiner unfreiwilligen Akrobatik, kopfüber im Steigbügel hängend, hätte er mich untersucht und den Daumen über mich gesenkt. „Dieser Spaßmacher macht keine Possen mehr", soll er zu meinem Herrn gesagt haben. Der hätte nur geseufzt und mich zum Sterben hierher bringen lassen. So hörte ich es aus Gesprächsfetzen heraus. Ausgerechnet nach Ambras! War ein Thomele nicht mehr gut genug, um bei Hofe zu sterben?

Auch mein Herr besuchte mich nie. Wenn man so zerbrochen brachliegt, geht einem manches durch den Kopf. Ist man dick umwickelt und womöglich erblindet, irrt man umso mehr in sich selbst herum.

Stand meine Wiege immer noch neben Ferdinands Nachtlager? Ließ er sie mit einem Seufzer entfernen, so wie mich?

„Probieren wir es mit Schmalz vom Hecht", verkündete die hellere Stimme irgendwann. „Es stärkt die Knochen und hilft beim Unterwachsen. Hechtschmalz macht selbst Zwerge groß."

„Diese zurückgebliebene Kreatur", jammerte die dunklere Tonlage.

Zurückgeblieben? Wie konnte diese dumme Trutschn auch wissen, dass man mich mit Gold aufwogen hatte, als mein Herr mich dereinst in Böhmen beschaffen ließ?

Nur eine Handbreit zu wachsen, hätte mich ruiniert. Sicherlich. Hatten Ferdinands Agenten doch Anweisung, immer Kurioseres, immer Kleineres herbeizuschaffen. Er setzte alles daran, um auf dem internationalen Markt für Kuriositäten der Sammlerkönig zu sein.

Schon war ich untenherum ausgewickelt und ein erster Batzen Schmalz auf meinen geschundenen Leib verteilt. Es stank, wie es bei meiner Mutter gestunken hatte, nach totem Fisch.

Was sollte ich tun? Brüllen! In hellster Verzweiflung. Was tat das Weib? Klatschte einen weiteren Batzen auf meinen entblößten Bauch, von meiner Stimmlage völlig ungerührt. So testete ich meine Beine und trat nach ihr. Ein schmerzlicher Treffer, auch für sie. Die Hexe stöhnte auf.

„Er ist irr geworden", schrie sie. „Er hat Angst", sprach die dunklere Tonlage und berührte meine Hand. „Seine Angst mag schwinden, wenn er uns sieht. Sofern er dies noch kann."

Behutsam wurden die Binden von meinem Schädel abgerollt. Wurden Tüchlein, die meine Lider bedeckten, mit warmem Kamillenwasser abgelöst. Aufgeregt, wie ich war, tat meine Blase das ihre.

Dann durchflutete meinen Kopf ein mörderisches Licht. Als ich in dieser lauten Helligkeit endlich eine Kontur ausmachen konnte, blickte ich direkt in die schönen Nasenlöcher hinein. Ferdinands Hure stand über mich gebeugt. Sie war es auch, die mein Strahl traf.

„Der Dreckskerl", schallte die hellere Stimme, die ich nun als die der Loxan erkannte. „Er bepinkelt dich."

„Kinder nässen sich ein vor Angst", sagte die Frau mit den schönen Nasenlöchern und lachte.

„Das ist kein Kind. Eher ein Dämon", antwortete die Loxan.

„Dann soll er mein Dämon sein“, sagte die Jüngere und ihre schönen Nasenlöcher zuckten. Sie eilte davon, sicherlich um ihr ruiniertes Gewand zu wechseln.

Zweifelsohne hatte sie Gutes an mir bewirkt. Doch wie naiv war dieses Weibsstück? Wusste sie nicht, dass Ferdinand mich sogar der Königin von England verweigert hatte? Vor gar nicht langer Zeit erst. Obwohl sie abenteuerlich viel Geld geboten hatte. Für seinen Thomele.

Plötzlich ging meinem Herrn meine Wiederherstellung nicht mehr schnell genug. Er ließ ausrichten, die Wittelsbacher hätten sich zur Gamsjagd bei „Onkel Ferdi“ angekündigt. Wenn ich noch nicht reiten könne, solle ich die bayrische Verwandtschaft zumindest unterhalten. Hätte sein noch recht frisch vermählter Neffe Wilhelm doch ausdrücklich verlangt, den Pastetenspringer zu sehen.

Um die Krankheit schnell zu vertreiben, schicke er einen Spezialisten. Doch es erschien nicht etwa Dr. Handsch.

Der Erzherzog hätte Bauchgrimmen von Austern, seiner Lieblingsspeise, wurde vermeldet. Nicht immer waren diese frisch, wenn sie in Eis und nassem Stroh verpackt, von Venedig in Eilritten in Innsbruck ankamen. Doch er liebte es, das labbrige Getier aus den Schalen zu schlürfen, auch wenn sein Bart immer mitaß. Sollte es doch die Manneskraft erhöhen. Bei all den Huren, die in Ambras auf ihn warteten, eine gute Schlemmerwahl.

Nun müsse Dr. Handsch das Gift aus Ferdinands Gedärm vertreiben. Der Patient sei unwirsch, dürfte man sich vor den Bayern doch keine Blöße geben. Deshalb sollte der Zwerg wieder in die Hofburg. Schleunigst.

Es erschien auch nicht Dr. Mattioli, Leibarzt des verstorbenen Kaiservaters, der Ferdinand ebenfalls nach Innsbruck gefolgt war. Just weile er in seiner Heimatstadt Trient, hieß es.

Nein, ein Unbekannter trat in meine Krankenstube. Ein dürres, blasses Männlein. Auf seinem Schädel spärlicher Flaum. Ein Dr. Daniel Keller, er praktiziere in Salzburg und Tirol. Ein Gelehrter aus den Bergen? Wo die nächste Universität doch in Freiburg, Ingolstadt oder Padua lag?

Ein viel begabter Mann, wie Ferdinand ausrichten ließ. Nicht nur ein Medikus, ein Wissenschaftler. Studiert in Alchemie und Astrologie.

Ein Planetenleser, der nach dem Stein der Weisen forsche. Er prophezeie auch mein Schicksal für das neue Jahr.

Zwei Monate waren vergangen, seit Dr. Handsch den Daumen über mich gesenkt hatte. Schon würden die ersten Schneeglöckchen in den Sonnenwinkeln des Gartens hervorbrechen, hatte die Frau mit den schönen Nasenlöchern erst gestern berichtet.

Offensichtlich waren die Damen von Ambras für Dr. Kellers Künste empfänglich. Als wachsame Dreifaltigkeit umringten die Loxan, die ältere Unbekannte und die Frau mit den schönen Nasenlöchern mein Bett.

Letztere hatte, wie ich nun wusste, in meiner todkranken Zeit meine Windeln ausgeräumt und gewechselt. Meine Wunden gewaschen und mir einen Heiltrank nach dem anderen eingeflößt. Erstaunlich genug, dass eine Hure so etwas konnte und überhaupt wollte.

Doch was war die Mildtätigkeit eines Weibes gegen das helle Licht der Wissenschaft?

Dr. Keller machte uns seine Aufwartung. Kühl. Verbeugte sich andeutungsweise vor dem Kammerdiener, ohne den Patienten und dessen Bettgeschwader richtig anzublicken. Welcher Mann der Wissenschaft würde zu einem Zwerg und zu Damen mit einem dubiosen Ruf auch freundlich sein?

Kellers Nasenlöcher mahnten Thomele zur Vorsicht. Ein Nasenloch war fast dreieckig geformt, das anderer eiförmig oval. Kein einheitlicher Gesell, dieser akademische Wicht.

Ein Knecht schleppte ächzend eine große Truhe herein, über und über mit silbernen Sternen bemalt. Jeder Einfaltspinsel sollte wohl erkennen, dass deren Besitzer über dem irdischen Jammertal schwebte und nach den Sternen griff. So, wie der Planetenleser dünn war, war sein auch ganz in schwarz gekleideter Gehilfe korpulent.

Ohne Honorar würde sein Instrumentarium nicht geöffnet. Mit vier Gulden sei er schlecht bezahlt, könne aber eine gnädige Ausnahme machen. Sei der Kranke doch nur ein halber Mensch, so Keller mit einer abwinkenden Handbewegung in meine Richtung. Dr. Kellers Gehilfe lachte über den vermeintlichen Witz seines Herrn.

Weibergetuschel. Ich hörte die alte Unbekannte flüstern, sie glaube, sie hätte den Medikus schon einmal gesehen.

Schließlich war es die Loxan, die ihrer Gürteltasche Münzen entnahm und sie Dr. Keller überreichte. Zwei Münzen.

„Genug für eine Kostprobe. Sind wir zufrieden, kommt der Rest und ein Gulden obendrein“, sagte sie.

„Eine Frechheit für jemanden, der nach der höchsten Erkenntnis forscht. In einer Ampulle habe ich ein Lebenselixier, vom Stein der Weisen extrahiert", so Dr. Keller barsch. „Auch Armesünderfett führe ich, das mürbe Knochen, Gicht, Rheuma und Zahnweh heilt. Der geschätzte Kollege Handsch erwarb einen ganzen Tiegel. Die Gewinnung der Substanz ist unerfreulich."

„Nun?", fragte die Loxan, ihre Miene so hart wie ihre Stimme.

Die Mundwinkel Dr. Kellers zuckten. Sein ganzes Gesicht verformte sich wie dünnes Papier, das eine unsichtbare Hand zerknittert. Diesem Antlitz fehlte jegliches Unterfett, was seinem Ausdruck etwas ungemein Kränkliches gab. Ein ausgemergelter, gerupfter Storch. Mit einem Knödel als Gehilfen. Kein Heilkundiger, der sich selbst zu behandeln weiß.

„Nieren- und Gallensteine, jede Wette", flüsterte die Unbekannte den anderen Damen zu.

Auch Dr. Keller murmelte vor sich hin. Aus dem Wortbrei hörte Thomele nur „unverschämt" und „Unverstand" heraus.

Dennoch gab er seinem dicken Knecht ein Zeichen, woraufhin dieser die Sternenkiste aufschloss und ihr eine schmucklose Ledertasche entnahm, die er seinem Herrn mit einem unterwürfigen Kratzfuß überreichte.

Auf einem Tisch breitete Dr. Keller deren Inhalt aus: drei Sägen und Zangen, verschiedenartige Messer, Pinzetten, einen Hammer und zweierlei Knochenmeißel. Erstaunlich, wo die Menschenschneiderei doch zum Handwerk der Bader gehört. Vielleicht gab es zu wenige in Tirol.

Auch unterschiedlich große Schalen drapierte er. Nach Fassungsvermögen aufgereiht. Eine kaum größer als eine Nussschale, wohl um Kindern Blut abzuzapfen. Die größte Blutschale dergestalt, dass der Zwerg darin hätte baden können.

Einen Schröpfschnepper legte Dr. Keller sichtbar stolz dazu, ein neumodisches Messer, das nach dem Anritzen einer Ader zurückschnappt und so ein schnelles Hantieren bei unwilligen Patienten erlaubt. Ich hatte dergleichen schon bei Dr. Handsch gesehen.

Nun zückte Dr. Keller ein Klistier wie eine Waffe. Eine gigantische Einlaufpumpe, wie für Giovanni Bona geschaffen, zu gerne hätte ich gesehen, wie dieses Doktorlein den Arsch des Riesen damit malträtiert. Wickelte zur Vorsicht aber die Decke fester um mich.

„Die halbe Portion ist voller Schleim. Der stockt im Gedärm, der muss heraus", sprach er und stieß die metallene Spitze des Gerätes in meine Richtung, als wolle er die Luft penetrieren.

„Von ihm erwarten wir nur die hohe Kunst der Medizin", sagte die Loxan, um Freundlichkeit bemüht.

Dr. Kellers Gesicht geriet erneut in Bewegung, so etwas wie Genugtuung schien die Papierhaut zu straffen.

Auf den Wink seines Herrn zog der Dienerknödel eine weitere Ledertasche hervor. Sie enthielt eine Matula, die mit meinem Urin gefüllt werden sollte, so viel war klar, wo dieses kolbenförmige Glas doch das Symbol dieses Berufes ist.

Vor den Damen wollte mir dies jedoch nicht gelingen. Erst als sie mit dem Doktor vor die Tür traten, sprudelte es. Zwanzig Harnfarben könne er unterscheiden, alle, die in dem „Fasciculus Medicinae“ des Johannes von Ketham beschrieben seien. Ein Weib oder einen Mann erkenne er am Urin, hörte ich ihn zu den Damen sprechen. Das mache die Dichte, die Farbe, Geruch und Geschmack.

„Tragende Weiber riechen nach Vanille“, sagte die Frau mit den schönen Nasenlöchern. „Nach den süßen Schoten aus dem Aztekenland, wenn sie Zwillinge tragen, nicht nach den herberen von den Komoren.“

„Woher weiß sie das?“, der Doktor blickte entgeistert. Sie berührte ihre Nasenspitze mit dem Zeigefinger.

„Leeres Hebammengeschwätz“, sagte er.

Er schwenkte mein Blasenwasser, roch daran, schwenkte es nochmals im besten Licht. Dann nahm er einen Schluck und ließ diesen mit schlürfenden Geräuschen über seine Zunge laufen, bevor er in eine der Schalen ausspie. Das Schmecken und Schlürfen wiederholte er mehrmals.

Mein Wasser sei voll krankem Schleim. Auch sei meine Leber krank und viel schwarze Galle in mir. Die Reinigung meines Blutes sei zwingend.

Selbiges schlage er auch den Damen vor. Könne er mit Aderlässen doch auch Frauen heilen, die an großen Brüsten litten. Sei klein doch modern, da doch die Kunde gehe, große Brüste seien von vielen Händen in die Länge gezogen worden. Ja, in Tirol hieß es, eine Großbrüstige könne nicht ehrbar sein.

Der Knödel-Knecht schlug sich lachend auf die feisten Schenkel, um dann hündisch aufzujaulen, als die Loxan ihn am Kragen packte.

„Wenn die Herren sich nicht zu benehmen wissen, lasse ich sie von der Wache entfernen“, sagte sie.

Dr. Kellers knittrige Mundwinkel zuckten, er gab seinem Knecht einen Schlag vor die Brust, der dessen Bauchspeck in wellenartige Bewegungen versetzte. Dann tauchte der Medikus eigenhändig und betont geschäftig mit dem ganzen Oberkörper in seine Sternenkiste hinein.

Er legte eine Zeichnung vor uns hin. Sie zeigte einen nackten Jüngling mit geöffneter Bauchdecke und außerhalb der Bauchhöhle disloziertem Gedärm. Wie schwarze Schlangen ringelten sich seine Darmschlingen um ihn herum.

Ein Dutzend Aderlasspunkte waren an seinem Körper angedeutet. Einer sogar an der Spitze seiner Männlichkeit. Dort spritzte auch ein roter Strahl hervor, so, als ob diese ausgeweidete, traurige Kreatur blutigen Samen versprühe. Ein grausigeres Aderlass-Männlein sah ich nie. Die Frau mit den schönen Nasenlöchern wandte sich ab.

„Wo die halbe Portion zu schneiden ist, verrät die Astrologie“, sprach Dr. Keller, erneut in seiner Kiste hantierend.

Er zog eine astrologische Tafel hervor. Sie zeigte die Sternbilder des nördlichen und des südlichen Himmels in ringförmiger Anordnung, die Tierkreiszeichen in bunten Farben darin eingezeichnet.

Da ich meinen Geburtstag gar nicht kannte, was ich auch aussprach, eine vergebliche Mühe.

„Ein Bastard also“, murmelte Dr. Keller, wieder in seine Sternenkiste abtauchend. Der fette Knecht stand bewegungslos daneben und grinste.

Nun stellte der Doktor einen Sternenglobus vor uns hin. Behutsam. Dieser war auf ein Holzgestell montiert und aus einem bemalten Lederball geschaffen. Keine wirklich präzise Arbeit, aber für ein bäuerliches Publikum imposant. Dr. Keller hieß seinen Gehilfen, den Fuß des Gestells zu umfassen, und er selbst drehte die Kugel. Dabei trat er einen Schritt zurück, so als würde Gott persönlich sein Werk begutachten. Die Schöpfung quietschte und eierte.

Dr. Keller hüstelte gekünstelt und richtete dergestalt alle Aufmerksamkeit auf das nächste Stück, das ihm sein Gehilfe reichte.

Eine runde und kopfgroße Scheibe, mit rotem Samt umhüllt. Vom schützenden Stoff befreit, glänzte sie messingartig. Sanft berührte er sie mit seinen knittrigen Lippen, als sei es eine geweihte Hostie. Verbeugte sich, ein Lächeln versuchend, wohl gewöhnt, dass das Publikum bei diesem eindrücklichen Instrument applaudierte.

Die Damen blieben stumm, drängten aber zur Scheibe hin.

„Ein Astrolabium. Damit lässt sich das Firmament verdrehen, so dass man den Jahreslauf der Sonne und Sterne kennt“, sagte die Frau mit den schönen Nasenlöchern.

„Nicht berühren“, rief Dr. Keller aus, sichtlich verärgert darüber, dass eine Frau derartige Insignien der Planetenleserkunst kannte.

„Darf ich den Abstand des Nordsternes vom Horizont messen?“, wollte die Frau mit den schönen Nasenlöchern wissen.

„Sie scherzen“, sagte der Medikus streng.

„Keineswegs. Mein Onkel hat mir beigebracht, wie man ein Astrolabium bei der Seefahrt nutzt. Zumindest ein wenig“, sagte sie.

„Für ein wenig habe ich keine Zeit“, brummte der Doktor. Hätte der Erzherzog ihm doch persönlich eingeschärft, sich mit dem Zwerg zu beeilen. Und er hätte schon genug Zeit mit den Damen vertändelt.

Er drehte an den eingelegten Scheiben. Sein Gesichtsausdruck erhaben.

„Mit Verlaub. Die Rete ist noch nicht korrekt auf Datum und Uhrzeit eingestellt“, merkte die Frau mit den schönen Nasenlöchern an.

„Es gibt unterschiedliche Vorgehensweisen“, zischte Dr. Keller.

„Ach?“, sagte sie.

„Was wird aus der Wissenschaft, wenn Weiber sie erklären?“, sprach Dr. Keller in die Richtung seines Gehilfen. Der Knödel-Knecht räusperte sich, ein Lachen unterdrückend. Die Loxan schien etwas sagen zu wollen, aber schon hantierte Dr. Keller an seinem Sternenschieber herum.

Die Metallscheiben und Rädchen der Apparatur klackten metallisch. Ein Geräusch der Wissenschaft. Dr. Keller drehte und drehte, auf seiner Haut bildeten sich rote Flecken, auf seiner Stirn perlte Schweiß, so als müsse der Planetenleser die gesamte Milchstraße, ja das ganze Firmament neu ordnen und mit viel Radau neu bestimmen.

Beste Unterhaltung für einen Thomele, der mit so einem Spektakel in seiner Krankenstube nicht gerechnet hatte.

Ermattet legte der Doktor die Messingscheibe vorsichtig auf den Tisch. Der Knödelmann trat vor und tupfte dem Neugestalter des Universums die Stirn.

„An der Mittelader schneide ich. Dies sagt der Planetenstand am siebten Tag des abnehmenden Mondes. Bei wachsendem Mond sind die schlechten Säfte, ist das Faulige, kaum vom Guten zu trennen“, sagte er.

„Wo an der Mitteladar?", wollte die Loxan wissen.

„Die Stelle ziemt sich nicht, sie einer Dame zu zeigen. Und überhaupt, man lasse mich jetzt mit der halben Portion allein."

„Ich bleibe. Ich habe ihn gepflegt", rief die Frau mit den schönen Nasenlöchern.

„Sie will anschauen, wie man seinen Zipfel ritzt? Der Aff' ist doch ein Männchen, oder?", fragte der Medikus.

„Er ist ein Mensch. Ein Mensch mit Blasenfieber, wie Ihr ja wisst. Dort darf man nicht schneiden. Vielleicht muss er mit dem Erzherzog noch reiten. Das wäre grausam", sagte sie.

„Das ist Medizin", antwortete der Medikus.

„Hätte er die Rete richtig eingestellt, vielleicht", sagte die Frau mit den schönen Nasenlöchern.

„Sie hat keine Ahnung. Aber um des Erzherzogs willen, schneide ich am Oberschenkel", sprach er zu seinem Knecht.

„Auch das ist gefährlich, dort stillt man schwer das Blut", sagte die alte Unbekannte.

Doch schon rissen der Doktor und sein Gehilfe mir die Decke vom Leib, der Fette spreizte meine Schenkel wie ein Schraubstock und schon hatte der Schröpfschnepper des Doktors eine Ader geritzt. Man war wohl an Gegenwehr gewöhnt.

Ein roter Strahl schoss empor. Mit jedem Herzschlag mehr. Bald war die mittelgroße Blutschale gefüllt.

„Genug!", rief die Frau mit den schönen Nasenlöchern. „Er ist fast noch ein Kind, Ihr laugt ihn aus."

„Die ganze Schlechtigkeit muss heraus", antwortete Dr. Keller und wedelte ihre Bedenken weg, als vertreibe er Fliegen.

„Ein halber Kerl, gestrichen voll vom Bösen“, murmelte er.

Der Zwerg sprudelte weiter. Er wäre nicht das erste Aderlass-Männlein, das ärztliche Kunst zum Versiegen gebracht hätte.

Das war zu viel für meine Ambraser Damen.

Alle drei traten sie vor Dr. Keller hin. Der Knödel wich erschrocken zurück, der Doktor blieb bei seinem Patienten, woraufhin die Loxan ihn von mir abdrängen wollte. Ihn vielleicht ein wenig schubste. Die Blutschale ergoss sich über ihn.

„Ihr Hexen. Man hat mich gewarnt!“, schrie er und fuchtelte mit roten Händen.

Derweil band die Frau mit den schönen Nasenlöchern mit ihrem Gürtel meinen Oberschenkel ab. Fast hätte sie in ihrer Eile meinen Streitzipfel eingeklemmt. Die alte Unbekannte riss Streifen aus ihrem Unterkleid. Sie verband meine Wunde straff.

„Hinaus, du Siechenschinder“, rief die Loxan und machte Anstalten, den Medikus aus der Krankenstube hinauszuscheuchen. Sein fetter Knecht war schon geflohen.

„Wache, Wache“, rief Dr. Keller und stemmte sich gegen die Loxan mit seinem Fliegengewicht.

Als die Wache den Mann erblickte, der wie ein Meuchelmörder aussah, schlug sie ihn nieder.

Man soll einer Eichkätzchenmörderin nie in die Quere kommen. Das hatte auch ich lernen müssen.

Doch Ambras sollte mich noch ganz andere Dinge lehren.

Er war es, der Meister Leoni in die Stadt sandte, um mein Bildnis zu modellieren. Der sagte dies zwar nicht direkt, aber so wenig verkünstelt, dass ich wusste, woher der Wind wehte. Böhmischer Wind. Kein Diplomat, ein berühmter Erzgießer jedoch.

Sein Auftraggeber habe ein Münzkabinett, dort käme ich hinein, sprach der Meister.

Als Münze, um Bier und Wurst damit zu bezahlen?

Nein, es sei ein Schönheitskabinett. Ich solle als Medaillon darin liegen. Gelänge ich gut, sogar in Gold.

Allein?

Nun ja, ich wäre in bester Gesellschaft unter den Schönen dieses Reiches. Und die Sammlung sei berühmt.

Dieses Reiches?

Sei eine Frau nicht dort zuhause, wo ein wahrer Kenner ihre Schönheit schätzt?

Ein wahrer Kenner?

Nun, müsse er sich auf das Wachsmodell konzentrieren. Unter meinen vielen Fragen verderbe es noch.

Der wahre Kenner konnte nur der Habsburger-Geck sein. Ein ewig balzender Hahn, wie man hört. Würde ich zwischen seinen Eroberungen liegen? In Gold? Wo ich ihn doch abgewiesen habe. Abwehren musste.

Will Vater mich doch auch vergolden. Als Eheweib.

Glaubt nun selbst, dem Gold hinterher jagen zu müssen. Dem Gold in seinem Kopf. War plötzlich bereit, für Bartlmä Kontore zu überprüfen, wo es immer wieder zu Ungenauigkeiten kommt. Blieb lange fort. Wurde in Tettnang beim Grafen von Montfort gesehen. Auch die sind Schuldner bei uns.

Vater hätte sich im goldenen Haarnetz einer Oberschwäbin verheddert, hieß es. Einer Ravensburgerin.

Wieder lachte halb Augsburg hinter Mutters Rücken. Und hinter meinem. Die Goldtochter wird noch eine alte Jungfer, äfften sie. Nein, „die ehemalige Goldtochter", sagten sie. Gäbe es seit dem Bankrott der Spanier bei den welserschen Pfeffersäcken doch nicht mehr viel zu holen. Schon gar keine Goldtöchter mehr.

Der Brief aus Bresnitz, ein Himmelsgeschenk.

Nun führte Tante Loxan die Güter mit Cousin Georg als Burghauptmann.

„Aufmunterung brauche ich. Und eine geschickte Hand, jetzt, wo ich mit dem Vizekönig Geschäfte mache", schrieb sie. „Machen muss.

Jüngst hat er mir einen Passbrief für einen Trieb Rinder gewährt. Ich ließ sie auf den Hradschin treiben. Direkt in seine Küche. Für einen guten Preis. Als Witwe muss man schauen, wo man bleibt.

Scheust du, liebe Pine, den weiten Weg nicht, schaue ich auch für dich.

Ich habe den Vizekönig auf Hirschen eingeladen. Meine Wälder sind wildreich wie wenige.

Und wer kann einer erschöpften Jagdgesellschaft die besten Augsburger Brandküchlein bereiten, wenn nicht du? Auch für gekühlten Ingwerwein kennst du ein Rezept.

Jeder in der Stadt sollte sich glücklich schätzen, dich heimzuführen. Diese schwäbischen Krämerseelen."

Besser in Prag in Gold herumliegen, als hier eine verschmähte Goldtochter zu sein, dachte ich.

Doch taugt der Rad schlagende Pfau mit seinem burgundischen, spanischen, böhmischen und ungarischen Blut für ein bisschen Glück?

Keine Bürgerliche sei je ungestraft die Geliebte eines Fürsten gewesen. Und an mehr sei nicht zu denken, gab mir Onkel Bartlmä mit auf den weiten Weg.

Ambras 1569

Geheimnisse

Ein Geheimnis in der Gegenwart eines Zwerges ist wie ein junges Mädchen, das man neben einen Greis ins Bett legt, ihn allein mit ihren körperlichen Ausdünstungen von seiner Impotenz kurieren will.

Wieso einer Versuchung widerstehen, die sich vielleicht nie mehr bietet?

Schon war ich in das Sternenmöbel gekrochen. Bäuchlings. Obwohl ich seit meiner Münchner Pasteten-Karriere sargartige Kisten verabscheue und obwohl mein Oberschenkel und meine Rippen beleidigt taten.

Zunächst fand ich wenig Spektakuläres. Holzlatten und Schnüre, um zerbrochene Knochen zu richten. Säckchen mit Pastillen und Kräutern. Eines mit penetrant riechenden Nüssen. „Muskatnuss für die Verrücktheit" besagte ein angehängtes Papierzettelchen. Machten sie nun verrückt oder bewirkten sie eben das Gegenteil?

In einer Schachtel, dessen Verschnürung ich schnell gelöst hatte, lagen Glasampullen in Sägespänen, um den kostbaren Inhalt zu schützen. „Liquidum, vom Stein der Weisen" verriet eine Beschriftung, „Flüssiges Hirn" eine andere.

Dann fand ich Listen wie diese: „Für den Juli kühle Aromen. Nimm Essig, Seerosen, Pomeranzenöl, Kampfer, Rosen, Nieswurz und Sandelholz." „Im Jänner Hitziges. Nimm schwarzen Pfeffer, Muskatnuss, Amber, Ingwer, Gewürznelken, Piment, Chili, Koriander, Anis und Zimt."

War Dr. Keller des Lateinischen nicht mächtig? Benötigten auch die wilden Weiber von Ambras derartig plumpe Anweisungen für monatsgerechte Wundermittel? Die Frau mit den schönen Nasenlöchern kannte mehr Experimentierfelder als die Kräuterkunst. Auswendig.

Ein schwarzes Kästchen zog mich an. Schweres Ebenholz an einem Scharnier des Sternenmöbels angekettet. Schon hantierte ich daran herum. Wenn ein Geheimtuer etwas verbirgt, muss ein Zwerg dies herausbringen.

Dabei half mir die Sammelwut meines Herrn. Nicht nur, dass er sich eine Metallwerkstatt hatte einrichten lassen, sich bei Schmelzversuchen schon den Bart angesengt und Rachen und Nase so verätzt hatte, dass er kaum noch Geruchs- und Geschmacksinn besaß. Auch Schlösser und obskure Mechanismen trug er dort zusammen. An einigen hatten wir unsere Fingerfertigkeit erprobt. Konzentriertes Gewerkel wie zwischen Vater und Sohn, an stillen Abenden, wenn er nicht zu seinen Huren gegangen war. Es schmerzte, Ferdinands Nähe vielleicht für immer verloren zu haben.

Umso verbissener fingerte ich jetzt an dem Schloss herum. Besiegte den Medikus mit seinen Waffen: dem chirurgischen Besteck, genau genommen dem dünnen Knochenmeißel.

Überlege gut, mit welchen Dingen du deinen Gegner beeindruckst, sagt dir ein Thomele.

Das Ebenholzgeheimnis verbarg ein Buch, sonst nichts. Dieses winzig klein. Ein Gebetbuch, wie es aussah. Schon wollte ich es enttäuscht zurücklegen, als mir auffiel, dass mache Stellen überklebt worden waren.

Auf der ersten präparierten Seite war „Arcanum. Von der Kunst Gold zu machen“ zu lesen. Winzig geschrieben, doch die Augen Thomeles sahen wieder scharf.

Ich überblätterte fremdartige Zeichen. Zwar war Dr. Kellers Knecht von schlichtem Gemüt, doch Gold lockt auch die Dummen. Und die Gewitzten allemal.

Was also mit dem Gekritzel anfangen? Bei näherer Betrachtung erkannte ich eine Sonne, stand sie für Sulfur? Ein Mond, der Merkur und das Quecksilbrige meint, überkreuzte Sarazenensäbel, sich in den Schwanz beißende Schlangen, undefinierbare Pflanzenbüschel, ein Totenschädel mit nur einem Schneidezahn und fehlendem Unterkiefer, ein Harnisch, vielleicht stand er für die Schmiedekunst und die Macht des Feuers, das Metall zum Glühen bringt? Es folgten drei rote Flammen, dann drei Tropfen Flüssigkeit. Wasser, Weingeist oder flüssiges Blei? Über manche Substanz hatte ich meinen Herrn reden gehört.

Dann glaubte ich unterschiedlich große Destillierkolben zu erkennen, gefolgt von einem turmartigen Athanor, ohne dessen gleichmäßige Hitze das Alchemistenhandwerk nicht gelingt.

Dem Ofen folgte eine Kanonenkugel bei der Explosion. Stand sie für Blei, für Stein oder für Eisen? Es folgten zwei astronomische Diagramme, eines in der Mitte durchgestrichen, dann die Klauen eines Adlers, in einen Gesteinsbrocken verkrallt. Griff er nach dem Stein der Weisen, den jeder besitzen will? Oder schlug der Vogel seine Krallen etwa in die „Materia Prima“, die geheimnisvolle Urmaterie?

Derartiges hatte ich noch im Hradschin einem Alchemisten abgelauscht.

Dr. Keller war nicht der Erste, der dort mit der Verwandlung von Materie in pures Gold geworben hätte. Es hatte sich in ganz Europa herumgesprochen, wie Ferdinands Interesse an der Natur sich mit dem für das Absonderliche und geheimnisvoll Wunderbare berührte.

Der Abschluss der Zeichenfolge zeigte in sich verschlungene Ringe. Vielleicht zeigte sie die chemische Hochzeit aller Zutaten an?

War dieses Gekritzel das Werk eines Spaßvogels oder der Code eines ernst zu nehmenden, ja, weisen Mannes?

Immerhin war er weise genug, den Goldhunger, der alle Fürsten umtreibt, für sich zu nutzen.

„Schreien sie nicht nach den Fuggern, schreien sie nach den Alchemisten", hörte ich Dr. Mattioli einmal zu seinem jungen Kollegen Handsch sagen.

Fast schon hatte ich Dr. Kellers Büchlein aus der Hand gelegt, als ich eine weitere Merkwürdigkeit entdeckte. Der hintere Buchdeckel fühlte sich dicker als der vordere an. Ich löste die Verklebung des Papiers mit Dr. Kellers Skalpell. Ein Blatt fiel heraus. Aufgefaltet zeigte es Gegenstände, die allesamt einen doppelten Boden enthielten, darunter ein Schmelztiegel, wie Alchemisten ihn benutzen. Auch ein Zeigestock war abgebildet, dessen Handstück hohl und mit einem steinartigen Klümpchen gefüllt.

Bestand die wahre Kunst der Alchemisten darin, Gold in ihre Vorführungen einzuschmuggeln? Keine wirklich schwierige Aufgabe, bei all dem Rauch und dem ablenkenden Gefuchtel, das ihre Vorführungen begleitet.

Auch ein Nagel war abgebildet. Er schien aus Gold gefertigt und mit einer Art Eisenfarbe überzogen zu sein. Erhitzte man ihn, schmolz vermutlich die Beschichtung und bei der „Transmutation", wie Alchemisten ihre Metallkocherei nennen, erschien das pure Gold. Sehr zur Freude jeder Fürstenseele.

Ich verbarg das Büchlein in jenem Oberschenkelverband, den ich dessen Besitzer verdankte.

Nun ist ein Thomele kein Dieb, doch die Verlockung war übermächtig, das Entdeckte meinem Herrn zu zeigen. Dem Alchemistenfreund.

Ferdinands Leidenschaft für die dunklen Künste hatte sich inzwischen bis nach Tirol herumgesprochen. Ich selbst hatte Innsbrucker Marktweiber sagen hören, der neue Fürst wolle sich in Ambras eine chemische Küche einrichten. Mit seinen Hexen. Wo Papst Pius V. dieses Höllenwerk doch ausdrücklich verbot.

Zur Vertuschung meines Diebstahls verschloss ich das Ebenholzkästchen. Hätte überhaupt die Sternenkiste verlassen sollen. Hatte ich eine Magd, die mich zuvor gesucht hatte, durch das Zuklappen des Deckels getäuscht, den ich nun wieder geöffnet hatte.

Als nächstes griff ich nach kleinen Salbentiegeln. Aus Irdenware gefertigt und unbeschriftet. Enthielten sie das Armesünderfett, mit dem sich mancher Henker und Scharfrichter ein gotteslästerliches Zubrot verdient? Es hieß, sie garten Gehenkte wie Suppenhühner, um den fettigen Sud abzuschöpfen.

Dann zog ich eine schwarze Kutte hervor. Darin eingewickelt eine Maske wie der Kopf eines Raben, was deren Zweck verriet. Eine Pestnase. Sie sollte den tödlichen Hauch vom Träger fernhalten, sofern man sie mit Kräutern, Knoblauch und Myrrhe befüllt. Auch eine Feuerpfanne fand ich, die, an Ketten geschwenkt, den gleichen Zweck erfüllte. Erfüllen sollte.

Vertreibt man die biblischen Plagen mit etwas Wohlgeruch?

Der schwarze Tod, der vor unserer Ankunft das Inntal bis zum Bodensee gepeinigt hatte, hätte fast alle Ärzte vertrieben, hieß es. Wo die Wissenschaft in diesen Tälern eh schwer gedeiht.

War Dr. Keller einer der Wenigen, der Sterbenden Beistand geleistet hatte? Hielt mein Herr deshalb so große Stücke auf ihn?

Hatte mein Bettgeschwader mit seiner weibischen Empfindlichkeit, ja Rechthaberei, diesem tapferen Mann etwa Unrecht getan?

In meiner Neugier so unvorsichtig, das Pestzeug zu berühren, beschloss ich das Ende meiner Inspektion.

Ich war gerade dabei, mein bandagiertes Bein beidhändig aus dem Sternenmöbel zu heben, als erneut Schritte durch den Gang dröhnten. Zornige Schritte. Womöglich Dr. Kellers grober Geselle mit dem verstimmten Medikus? Einmal mehr klappte ich den schützenden Sternhimmel zu.

Die Neugier wird dich noch umbringen, hatte mein Herr öfters zu mir gesagt.

„Wo ist der Zwerg?“ Die Loxan erkannte ich nun sofort.

„Die Magd hatte Weisung, ihn zu säubern, blutig wie er war“, antwortete die Frau mit den schönen Nasenlöchern. „Dass du dich immer so aufregst“, fügte sie hinzu.

„Sie darf sich aufregen. Der Kerl ist ein Grobian und ein Scharlatan. Nur gut, dass mir einfiel, dass er Anton Fugger in Augsburg eintausend Gulden aus dem Beutel gelockt hat. Dem ausgebufften Fugger, mit dem Versprechen, er mache Gold für ihn", sagte die alte Unbekannte.

Die Weiber lachten.

„Dann mag er zu Recht in der Wachstube liegen. Doch Ferdinand wird toben. Jetzt, wo die Tiroler Landstände gegen uns intrigieren. Und dieser Doktor ist ein Hiesiger. Er hat Verbindungen", sagte die Frau mit den schönen Nasenlöchern.

Lag es an der Muskatnuss oder an den Pestgewürzen, dass ein Kitzeln durch meine Nase kroch?

„Schon jetzt schreien sie: ersäuft die Hexen im Inn", sagte die Frau mit den schönen Nasenlöchern.

„Er hat dich gefreit! Er muss dich und die Kinder schützen", rief die Loxan aufgebracht.

Ich drückte meine Nasenlöcher zu.

„Ich werde es diesen Rückständlern noch beibringen", fuhr die Loxan fort.

„Willst du verraten, was sein Vater zum Staatsgeheimnis machte? Darauf steht der Tod", sagte die alte Unbekannte aufgebracht.

„Hexen, Huren, Giftweiber. So heißen sie uns, seit wir hier in diesem goldenen Käfig sitzen", erwiderte die Loxan.

Ich kniff mir in den Arm. Mit den Fingernägeln. Tief. Und explodierte. Über mir wurde es hell.

„Bürschlein", schrie die Loxan und zog mich an den Haaren hervor. Eine Ohrfeige zischte. Eine zweite.

„Tante", rief die Frau mit den schönen Nasenlöchern.

„Schwester, nicht so grob", rief die alte Unbekannte.

So brachte ein wenig Zwergenquälerei vieles ans Licht. Ein denkwürdiger Tag für einen Thomele.

Eine Vermählung wie unter Diebespack.

In einer Jännernacht. Nach Mitternacht, Sturm rüttelte an den Fenstern.

In schierer Dunkelheit hatten wir unsere Hände ineinander gelegt. Unsere Gesichter schemenhaft vom ewigen Licht erhellt. Eine eigene Kerze zu entzünden, trauten wir uns nicht.

Erstaunlich genug, dass mein Beichtvater es wagte, unseren Bund zu segnen. Es würde Johann von Cavaleri das Amt kosten, käme es heraus. Wenn nicht seinen Kopf.

Kein Blumenschmuck, keine Choräle, kein Festmahl, kein Tanz, keine Gratulanten. Kein Jubelfest, wie es einem Vizekönig gebührte. Wo Ferdinand doch die Amüsierlust im Blut hat.

Allein die Tante war zugegen. Stand stumm in der Dunkelheit, wie ein Eindringling in ihrer eigenen Kapelle.

Käme es heraus, dass sie dabei war, würde auch sie der Zorn des Kaisers treffen.

Er, der sich seit Jahren bemüht, Ferdinand zu verheiraten, wird dies auch weiter tun.

Es ist nur eine Frage der Zeit, bis der Kaiser seinen Lieblingssohn hassen wird.

Ich kann mich glücklich schätzen, wenn ich diesen mächtigen Zorn überlebe.

Ambras 1570

Die Krone des Montezuma

Der Frühling zirpte, alle Pflanzensäfte zirkulierten und ich war immer noch nicht dort, wo ich hingehörte: an der Seite des Herrschers von Tirol.

Dr. Kellers Therapie, mein Ausflug in die ungesunde Welt seiner Geheimnisse und meine Bestrafung hatten mich erneut fast erledigt.

Unterdessen laborierte der Medikus daran, einen Keil zwischen mich und meinen Herrn zu treiben, dergestalt, dass er in der Hofburg eine Szene aufführte, die alles, was Ohren hatte, zusammenlaufen ließ. Er behauptete, ich hätte die Ambraser Weiber, allen voran diese Loxan, zur Missgunst angestachelt, was zu seiner groben Misshandlung geführt hätte.

Dies brachte wiederum meinen Herrn in doppelte Verlegenheit, da er kein Gerede über Ambras duldete und sich mancher eitle Höfling der Schmähungen entsann, die ich ihm zugefügt hätte.

Als Gipfel aller Zwergenfrechheit hätte ich dann sein Gebetbuch entwendet, greinte der Medikus. Sein heiliges Gebetbüchlein, von den Vorvätern vererbt. Er fordere es zurück. Unverzüglich.

So ließ Ferdinand ausrichten, ich dürfe ihm nicht mehr unter die Augen treten. Seine Residenz beherberge keinen gottlosen Dieb. Auch das Innsbrucker Zwergenhaus sei für mich versperrt. Mein Sturz sei mir wohl so schlecht bekommen, dass ich dauerhaft Schaden genommen hätte. In meinem Kopf.

Gegen die Damen von Ambras sagte er kein Wort.

Die Loxan aber meinte, sie müsse wohl oder übel ihrem Glauben abschwören. Dabei passte der Glaube eines Mönchs, der stur einem Kaiser und einem Papst widersprochen hatte, gut zu ihr, meint der Zwerg.

Sie wolle ihre Nichte nicht noch weiter gefährden, sagte sie.

Wären die Damen von Ambras inzwischen nicht nur als wilde Weiber verschrien. Selbst das Wort Ketzer hörte man sagen, und dies sei in Tirol nun wirklich kein Spaß.

Die Loxan war zu einem Dorn im katholischen Fleisch geworden, der immer, wenn man dieses Schmuckkästlein Ambras über dem Inntal anblickte, schmerzte.

Das Land im Gebirge war eine Trutzburg des Katholizismus. Außer in den Knappenstädten, wo neue Leut' neue Ideen mitbrachten, was meinen Herrn erzürnte. Seine Seele war tief von der Gegenreformation durchdrungen. Allein schon deshalb, weil sein Kaiserbruder für die Glaubensfreiheit eintrat.

Mancher Priester predigte nun offen gegen die „Ambraser Verhältnisse". Von der Kanzel herunter, mit Gottes verlängertem Zeigefinger auf den Schlosshügel gerichtet. Allen voran die Innsbrucker Jesuiten, deren Selbstbewusstsein mit dem Neubau ihrer Kuppel-Kirche in den Himmel wuchs. Dabei hatte Ferdinand selbst sie als Glaubenswächter um sich geschart.

Jetzt musste die Loxan für alles herhalten, was die Tiroler verabscheuten: einen Landesvater, der sich nicht verheiraten wollte und keinen Erben hervorbrachte, der der Unzucht frönte mit wüstgläubigen Mätressen aus dem verdorbenen Böhmen, die in einem Palast logierten, einem Hexen- und Ketzerpalast, der jedem ehrenwerten Menschen zu betreten verboten war.

Ferdinands Schwestern vom Haller Damenstift trugen das ihrige bei. Wenn ihr Bruder schon in Sünde lebe und seine neuen Untertanen brüskiere, müsse ein Sündenbock herbei. Schleunigst. Besser gleich zwei.

Offen gegen die Frau zu reden, die seine erklärte Favoritin war, wäre unklug. So galt es, diese alte Protestantin an den Pranger zu stellen. Und diesen Zwerg, dessen Raffinesse alle verblende.

Schon aus Prag waren Unflätigkeiten durchgedrungen. Hätte der kleine Satan doch den Weihbischof von Toledo bis zum Nabel entblößt.

Nun sei die Hofburg sein Narrenschiff.

Dass er Gebetbücher stehle, sei der Gipfel der Barbarei.

Die Loxan, böhmische Grafenwitwe hin oder her, hätte Ferdinand als Kupplerin geködert und dann ihrer Nichte zugeführt.

Der Zwerg verderbe nun Ferdinands soldatisches Wesen gänzlich. Er sei wie ein kleiner Spiegel, der jedes Antlitz verzerre und nur das Grobporige, Unvorteilhafte widerspiegle. Wieso führe ein Ritter vom Goldenen Vlies, ein Kämpfer für den rechten Glauben, ein Befürworter der heiligen Inquisition, sich sonst so auf?

Man höre, der Zwerg hätte schon auf dem Weg nach Tirol mit mehreren Frauen Unzucht getrieben. Sogar mit der Rosenbergin, die – natürlich – Protestantin sei.

Jetzt trieben der Zwerg und diese Loxan mit Dr. Keller ihr Spiel.

Hatte er ihre Schwester Margaretha nicht gut betreut? War bei Nacht und im ärgsten Schnee an ihr Bett geeilt, um die faulen Stoffe aus ihrem Blut auszuleiten. Wenn auch leider vergebens.

Wäre die böhmische Kupplerin ausgeschaltet, könne man die ganze Brut davonjagen. Und Ferdinand diese unwürdige Liebe ausreden. Hoffentlich.

Was bräuchte der Bruder ein Lustschloss, wo es eine Hofburg gäbe?

„Ihr hohen Frauen, nehmt euren Bruder tüchtig ins Gebet. Gespart muss werden. Und verkauft den Zwerg, der bringt ein Sümmchen Geld", hatten die Landstände gefordert, als sie bei ihnen – den Königinnen von Hall – vorstellig geworden waren.

So, ungefähr, ging es bei Ferdinands Schwestern zu. Im allerbesten Glauben, sagt der Zwerg.

Hätte sich nicht eine der Verfemten ein Herz gefasst und wäre zur Hofburg geritten, wäre es für die beiden Angeklagten sicher übel ausgegangen.

Und Anna Welser war nicht gekommen, um sich abweisen zu lassen. Eine Welser hält stand!

Die Mutter der Frau mit den schönen Nasenlöchern führte drei Beweisstücke bei sich.

Einen Brief aus der Hand ihres Mannes Franz Welser aus Ravensburg, wo er jetzt lebte:

Er könne bestätigen, dass ein Dr. Keller vor gut fünf Jahren bei ihm vorgesprochen habe, mit dem Versprechen, er könne Gold aus unedlen Metallen machen.

Er hätte ihn abgewiesen. Mit seinem Bruder, dem ehrbaren Bartlmä Welser, seien die Goldträume der Welser gestorben. Der Erzherzog wisse dies ja. Es sei ihm aber zu Ohren gekommen, dass Anton Fugger diesem Dr. Keller tausend Gulden übereignet habe, ohne die versprochene Gegenleistung.

Die Besucherin zog ein zweites Schreiben hervor. Obwohl sie ihre Bürgerrechte in Augsburg aufgekündigt hatte, um ihrer Tochter beizustehen, hatte ihr der Magistrat bestätigt:

Ein Dr. Keller hätte mit Goldmacherei Werbung betrieben. Beträchtliche Summen hätte er von manchem verdienten Bürger gerafft, die nicht offen genannt werden wollten. Die Goldmacherei sei der Doktor aber schuldig geblieben. Hätte die Stadt verlassen, ohne bei seinen Geldgebern Abschied zu nehmen.

Doch erst das letzte Beweisstück brachte die vollkommene Vernichtung. Anna übergab dem Erzherzog das Büchlein, das Dr. Keller eingefordert hatte.

„Mein Gebetbuch. Ich will es wiederhaben", schrie er wie von Sinnen.

„Ihr betet mit doppeltem Boden, mein Herr", sprach die alte Welserin und übergab dem Erzherzog das Büchlein, mit der Bitte, zuerst die letzte Seite anzuschauen. Er hatte kaum begriffen, was er sah, als der rechtmäßige Besitzer des Werkes aus der Halle hinausstürmte und einmal mehr Bekanntschaft mit einer Wache machte.

So ward der Zwerg wieder bei Hofe geduldet. Nicht ohne meinem Herrn vorab einen Eid auf mein Leben schwören zu müssen: Über alles, was mir in Ambras zu Augen und Ohren gekommen sei, sei absolutes Stillschweigen zu bewahren.

„Mach keinen Fehler, sonst schließe ich dich für immer in eine Kiste ein", sagte die Loxan zum Abschied und packte mich. Um ihrer Grobheit zu entfliehen, rannten meine Beine noch in der Luft. Sie zwickte mich jedoch nur sanft in die Wangen und die Frau mit den schönen Nasenlöchern drückte mir einen Kuss auf meinen vor Verblüffung offen stehenden Mund. Ward fortan nur noch Philippine für mich, obwohl ich sie noch lange Herrin nennen sollte.

Ich staunte noch mehr, als ich bei meiner Rückkehr meinen Platz besetzt fand. Doppelt besetzt fand. Im Riesensaal der Hofburg saßen zwei Winzlinge zur Rechten und zur Linken meines Herren.

Wilhelm von Wolkenstein hatte dem Erzherzog einen Zwerg geschenkt, Magnifico genannt. Er hätte früher Kardinal Christoph Madruz gedient, der ihm seinem Amtskollegen von Brixen übereignet hätte, wohin er von Rom aus im Korb eines Saumpferdes gebracht worden war. Der fromme Brixener hätte ihn dann Wolkenstein für den Erzherzog verkauft.

Der sei ohne Zwerg schon schwermütig geworden, war zu hören. Umso wärmer hätte Ferdinand diesen Magnifico aufgenommen, betrübt jedoch, dass der kein Wort Deutsch beherrsche.

So hätte Wolkenstein noch einen zweiten Zwerg beschafft, von den Tiroler Landständen unterstützt. Der lustige Tischrat Gabriel Frank sei zwar nicht so possierlich wie der Italiener, hätte aber eine Zunge scharf wie ein Schwert.

Natürlich hätte man bemerkt, dass dieser Thomele alles beobachte und jeden belausche. Hinter jeder Tür, in jeder Truhe, unter jedem Rock säße er. Doch wie solle die Tiroler Elite ihrem neuen Herrn vertrauen, wenn dessen Leibzwerg nicht nur ein Dieb und ein Lump, sondern auch ein Spion sei?

In Tirol hätten Zwergengeschenke ohnehin Tradition. Hatten die Tiroler Landstände dereinst doch Kunz von der Rosen an Kaiser Maximilian I. geschenkt, der ihn zu seinem offiziellen Hofzwerg ernannt hatte.

Magnifico war im achtzehnten Jahr, wie er mir berichtete. Eine Krummheit des Rückens und seiner Gebeine hätten ihn nicht zum Mann heranwachsen lassen, denn meist hätte der Kardinal ihn bei seinen Audienzen in einem Käfig zur Schau gestellt.

Seine Missgestalt sah man erst, wenn er sich erhob. Für jeden Schritt und für alle Dinge des Lebens benötigte er eine eigene Zwergenwärterin. Wie er in dieser kalten, steilen „porca miseria, queste gigantesche montagne“ überleben solle, sei ihm ein Rätsel. Selbst beim Fluchen sah er einem Engel gleich.

Der lustige Tischrat Frank wog die zarte Konstitution des Italieners um ein Vielfaches auf. Ein wulstiger Kopf saß auf verkürzten Gliedern. Beine wie dicke Würste baumelten von meinem Stühlchen herab, während sein Mundwerk lauthals Zoten ausstieß.

Wie wollte mein Herr aus diesem Duo einen einzigen Thomele erschaffen? Aus einem Krüppel und einem Hanswurst.

Bald schon bewies ich einmal mehr meinen Wert, indem ich meinem Herrn vorschlug, die Pforten von Ambras für die Tiroler Elite zu öffnen. Hat man doch Misstrauen, ja, Abscheu, wenn man ein Ding nicht kennt. Deshalb seien Zwerge beim einfachen Volk so verhasst.

Und die Damen von Ambras müsse man einfach lieben, wenn die Loxan einen nicht gerade verdrosch, was meinen Herrn lachen machte.

All dies leuchtete Ferdinand bald ein, in der Hoffnung, den bösartigen Rumor zu beenden.

So kam es, dass Ambras sich für ein Sommerfest herausputzte.

Keinen imposanteren Ort hätte es dafür gegeben. Dies musste selbst ich eingestehen, jetzt, wo der Schnee nur noch die Höhengrate bedeckte, wie Brabanter Spitze die knochigen Schultern einer geheimnisvollen Unbekannten.

Überhaupt heizte sich das Tal erstaunlich schnell auf, der Brenner belüftete es mit italienischer Luft. Der Ambraser Park konnte sich mit jedem Zaubergarten messen.

Unweit des Hochschlosses lockten Tiergehege. Allein am Stübl der Meerschweinchen aus der neuen Welt und am Affenhaus hätte man Stunden verbringen können, wobei Affen hinter Gittern, deren Augen von der Freiheit berichten, mich an das Leben mancher Amüsierzwerge denken lassen.

Schlenderte man weiter unter großen alten Buchen und Eichen, kam man zu den Zwingern für Löwen, Leoparden und Wölfe. Bei den Löwen schien der Erzherzog eine Art Dressur zu versuchen, denn in ihrem Gehege hingen zwei starke Maulkörbe und zwei Halsbänder. Ähnliches galt für die Bären, zwei kolossale Exemplare, die der Erzherzog in Schlesien hatte einfangen lassen.

Die gefiederte Welt war vertreten durch Papageien, die wie Edelsteine von den Bäumen blitzten, fremdartige Fasanen und indischen Pfauen mit langen schillernden Schwänzen. Alle streiften frei in Ambras umher, lediglich ihre Schwungfedern waren beschnitten.

Auf einem großen Teich schwammen viele Sorten Enten und Schwäne, darunter ein schwarzes Paar aus Asien, „Philippina und Ferdi Escorial“ genannt, da die Vögel spanische Hoftracht trügen. Dickbauchige Barken luden zur Belustigung auf dem Wasser.

Das Ufer des Schlossteiches, der ganze Park überhaupt, war nach böhmischem Geschmack mit grotesken Terrakottafiguren geschmückt, darunter Landsknechte, Ungarn, Juden, Muselmanen, Mohren, Narren, Zigeuner und natürlich Zwerge. Auch mit mir.

Hinter dem Hochschloss, talwärts zum Dörflein Amras hin, ästen Rehe und Hirschen samt einigen Wildsauen, die die grüne Idylle zerfurchten.

Ein ganzer Bach war umgeleitet worden und donnerte als Wasserfall durch den Park und in den Amraser See am Fuß des Burghügels.

Dort wimmelte es nur so vor Fischen. Musste es wimmeln, gab es doch im bravgläubigen Tirol ständig irgendwelche Fastentage, wobei es den Schlemmern gelegen kam, dass der Papst den Biber unlängst zum Fisch und somit zur Fastenspeise erklärt hatte.

In der Zeit meiner Genesung war ich gerne an den See gehumpelt. Sein Geruch und die nach Brosamen schnappenden Fischmäuler erinnerten mich an meine Herkunft. An meine Mutter. Gundeln, Hechte, Schleien und Karpfen hatte ich ausgemacht.

Im Garten direkt unterm Hochschloss luden üppige Blumenbeete, Springbrunnen und ein Buchsbaum-Labyrinth zur Kurzweil ein. Selbst seltene Muskat- und

Damaszener-Rosen hatte die Frau mit den schönen Nasenlöchern beschaffen lassen, deren Ausdünstungen für feine Nasen – wie die ihre und die meine – ein Jubelfest waren. Es schien, als wolle die einst in den Gärten des Hradschin verhöhnte Unbekannte dessen Pracht überbieten.

An die windgeschützte Burgmauer angeschmiegt, lag ihr ganz persönliches Reich, in einer Sonnennische von Eidechsen geliebt: Wurzeln, Kräutern und Heilpflanzen hegte und pflegte sie dort. Nur ihrer Mutter war es noch erlaubt, diesen hortus mirabilis zu betreten. Dessen bitterem Latwerg und Blühzeug verdankte ich mein Leben.

Auch Mandel-, Pfirsich, Quitten- und Kastanienbäume, sogar Feigen gediehen in der Wärme des Mauerwerks und bereicherten die Tafel der Damen.

Ja, in Ambras wähnte man sich unter einem südlichen Himmel, sofern man die Schroffheit des Gebirges großzügig übersah, was mir immer besser gelang.

Die Loxan hielt Haus und Hof zusammen und dressierte das Gesinde.

Auch bei den Handwerkern war sie gefürchtet. Insbesondere, wenn sie Blumenrabatten zertraten, Unflätigkeiten herumbrüllten oder hinter den Hecken des Labyrinths ihre Notdurft verrichteten, denn südlich des Burghügels wuchs ein Tanzsaal heran. Er sollte sich zum größten frei stehenden Festsaal nördlich von Italien auswachsen, wobei rechtwinklig dazu noch ein Ballspielhaus entstand.

Sah die Loxan es doch auch nicht gerne, dass die so genannten Burgknaben ihre dreckigen Jeu de Paume Bälle gegen die weiß gekalkte Schlossfassade droschen.

Sofern man überhaupt etwas über diese zwei Knaben herausbrachte, hieß es, die Frau mit den schönen Nasenlöchern hätte sie als arme Waisenkinder aufgenommen, sie seien als Säuglinge vor den Burgen gefunden worden, die sie in Böhmen bewohnt hätte.

Bei dem halbwüchsigen Andreas und dem jüngeren Karl leuchtete jedoch aus jedem Knopfloch der Erzherzog heraus, dies sagt euch der Zwerg. Habsburger Unterlippen – zumindest im Ansatz, seine rötlichen Haare, die stolze Statur. Und an den Nasenlöchern der Burgknaben verriet sich auch Philippine.

Eine staatsgeheime Gattin durfte jedoch keine offizielle Mutter sein. Und ein Erzherzog kein offizieller Vater von Kindern, die er mit einer nicht Standesgemäßen gezeugt hatte.

Philippine hatte sich im zweiten Stock des Hochschlosses eingerichtet. Ich hatte mich in ihre Beletage mit Blick auf die Nordkette eingeschlichen, hatte silberne und goldene Ledertapeten und verspielte Holzdecken erspäht, auch ein diskretes „Frauenzimmerküchle", um kleinere Mahlzeiten selbst zubereiten zu können. Für intime Besucher. Eine Beischläferin, die in vielerlei Hinsicht zu verwöhnen wusste.

Selbst der Innenhof des Hochschlosses war aufwendig über alle Stockwerke mit Fresken verziert, antike Gottheiten darunter in lockeren Posen. Auch exotisches Getier.

Mein Favorit war Soliman, der Elefant. Mit erhobenem Rüssel grüßte er aus dem dritten Stock. Er hätte die Alpen überquert. Im Winter. Als Geschenk des Hauses Portugal an den Kaiserbruder meines Herrn hätte das Tier von Lissabon bis nach Wien gehen müssen. Wäre am heiligen Dreikönigstag sogar federnden Ganges an Ambras vorbeigezogen, wie alte Einheimische noch wussten. Auf dem Hals des Riesentieres hätte breitbeinig ein rabenschwarzer Kerl gesessen, ein Dämon, der es mit einer Art Dorn angetrieben hätte.

Nachdem Soliman in Wien einsam verstorben sei, hätte man aus seinen Gebeinen einen Stuhl gefertigt. Dieses Möbel wollte mein Herr nun beim Kaiserbruder für seine Sammlung auslösen.

„Ich biete Thomele als Schemelchen an oder auf Wunsch in spiritus vinum eingelegt", scherzte er.

Vom Innenhof zweigte eine Badstube ab. Die sei der Herrin von Ambras und dem Erzherzog vorbehalten, hieß es. Ich fand sie immer verschlossen.

Weitere Gesprächsfitzelchen deuteten darauf hin, dass Ferdinand der Frau mit den schönen Nasenlöchern das ganze Lustschloss zum Geschenk gemacht hätte. Das wäre sehr viel Öl auf die Mühlen der Tiroler Landstände gewesen.

Gebaut wurde auch am Unterschloss, an der Kornschütt. Dort sollte ein Heim für die Sammellust meines Herrn entstehen. Ein ganzer Gebäudetrakt. Darin wollte er seine tausendbändige Bibliothek, Rüstungen, Waffen, Münzen, Bilder, Skulpturen, Kunstgegenstände und Absonderlichkeiten nicht nur zusammenführen, sondern auch vorzeigen, hieß es. Würdig vorzeigen schon zum Sommerfest.

Eilig wurden übermannsgroße Glaskästen gezimmert, innen mit Seide und Samt bespannt. Farblich auf die Kostbarkeiten abgestimmt, die dem Betrachter die Pracht der Schöpfung, die Pracht des Planeten – und, natürlich, die Pracht, den Sachverstand und die Gotteserwähltheit ihres Besitzers vor Augen führen würde.

Wer glaubt, dass die Loxan angesichts der vielen Baustellen den korrigierenden Überblick verloren hätte, hat diese Frau nicht begriffen.

Am abgemachten Festtag war vieles fertig gestellt und die Tiroler Elite strömte an den Ort, der der Geheimste im ganzen Land gewesen war. Es wurde der schrecklichste und der glücklichste Tag meines Lebens.

Mein Herr wäre kein Habsburger, hätte er nicht noch die Elite Böhmens und die Münchner Verwandtschaft geladen.

„Ich will keine Jause, ich will ein Fest, das seinen Namen verdient“, ließ er seine Tiroler wissen.

Natürlich standen auch Giovanni Bona, in der ihm einzig möglichen Verwendung als Riese, der lustige Tischrat Frank und Thomele zur Unterhaltung parat. Magnifico, der wenig zum Amüsement hätte beitragen können, beließ man auf seinen Kissen in der Hofburg. Die Hofkapelle fuhr mit dreißig Musikanten und zwanzig Kapellknaben vor. Das idyllische Ambras glich einem Bienenstock.

Die so genannten Burgknaben hielt man versteckt. Sicher aus Angst, sie könnten in ihrem jugendlichen Überschwang die Neugierigen unter den Gästen alarmieren, sie allein schon durch ihr Aussehen und ihr fürstliches Getue misstrauisch machen.

August, Kurfürst von Sachsen, fuhr mit einem halben Dutzend Kutschen vor Ambras vor. Weitere zwanzig Fuhrwerke gefüllt mit Hofschranzen, hatte die Innsbrucker Hofburg alle Mühe unterzubringen.

Die Kapellknaben intonierten Jubelchoräle, Ferdinand stand auf Zehenspitzen und Giovanni Bona riss eine mannshohe Birke aus, die er wie eine Hellebarde hochhielt.

„Zum Reichstag nach Speyer unterwegs macht man den leidigen Umweg, um den vormaligen Nachbarn aus Böhmen nun in seinem Tirol zu besichtigen. Innsbruck, meine alte Liebe“, sprach der Dresdner so kugelköpfig unter seinem hohen Hut hervor, wie ich ihn aus dem Hradschin in Erinnerung behalten hatte. Selbst seine Nasenlöcher waren von einer kreisrunden Gemäßigtheit, die selten vorkommt. Obzwar er unter den Fürsten als Sparfuchs bekannt war.

Umso erstaunlicher, dass er eine Zwergin mitführte, die so zart war, dass ihr Name Vogelschnäblin zu ihrer Erscheinung passte. Einem Thomele verblüffend ähnlich saß ein Vogelköpfchen mit großen runden Augen und einem leicht gekrümmtem Näschen auf einem zierlichen Hals. Ihre Glieder waren bachstelzenfein. Da man in Dresden die spanische Hoftracht nicht favorisierte, schwammen in ihrem gelbumfassten Dekolleté weiße Brüste wie Grießnocken in Vanillesauce. Ihre zimtfarbigen Haare reichten bis zum Boden. Die Vogelschnäblin sei im siebzehnten Jahr, hieß es.

Mein Herr taxierte sie mit Sammlerblicken. Gierig. Thomele schaute nur, wenn die Vogelschnäblin wegblickte. Er war wie vom Donner gerührt. Dennoch hieß man beide Rücken an Rücken zu stehen, wobei herauskam, dass das Weibchen eine Handbreit höher war als Thomele.

Mein Herr kommandierte die Gesellschaft an die Stätte, die zu ihrer Begrüßung vorbereitet war. Wochenlang vorbereitet worden war. Südlich vom Schloss hatte er eine Höhle viele Meter tief in die rohe Felswand hineinschlagen lassen. Hauptsächlich von Strafgefangenen. Giovanni tat so, als bewache er das eiserne Tor und schlug mit seiner Birke nach Hornissen.

Im kühlen Halbdunkel empfingen Bacchuspriester und ein Hohepriester die Gäste und reichten ihnen große Pokale, gefüllt mit Wein. „Fremdlinge, betretet nicht uneingeweiht den Tempel des Dionysos, reizt nicht den Zorn des stierhörnigen Gottes, sondern lasst euch in dessen Geheimnis einführen. In mächtigem Zug leert den Krug trefflichen Weines, dann schreibt eure Namen in das Buch der Bacchusfreunde", sprach der Hohepriester unter einem falschen Bart hervor, dessen Mehlkruste staubte.

Als der Sachse sich nicht fügen wollte, schob man ihm einen Stuhl unter, wo an Füßen und Armen Eisen hervorschnellten, ohne ihn zu verletzen. Die Handfesseln des Fangstuhles wurden erst gelöst, als er versprach, Dionysos zu Ehren den Pokal zu leeren.

Auch Damen waren bei dem Trinkspiel zugegen. Philippine wurde als Freiin von Zinnenburg vorgestellt, ihre Mutter als Welserin und die Loxan als die böhmische Gräfin, die sie war. Inzwischen wurde jedoch unter den Gästen getuschelt, dass die wilden Weiber von Ambras allesamt Verwandte des Bartlmä Welser seien.

August von Sachsen begrüßte die Damen mit ausgesuchter Höflichkeit. Dann schäkerte Ferdinand von Bayern mit ihnen. Die adeligen Tiroler trauten ihren Augen kaum, als sie die vermeintlichen Hexen und Huren im Gespräch mit zwei mächtigen Fürsten fanden. Die Königinnen von Hall blickten schmallippig unter ihren frommen Hauben hervor. Hatten sie die Buhlin ihres Bruders doch lediglich mit sprödem Kopfnicken bedacht und die Loxan, die Protestantin, demonstrativ übersehen.

Die Trinkprobe der Frauen bestand darin, ein handtellergroßes Glasschiffchen zu leeren, was selbst den frommen Schwestern Ferdinands gelang.

Ihre staatsgeheime Schwägerin Philippine schrieb Dionysos „Ich hoff zu Gott" ins Trinkbuch. Ihre Besichtigung durch Menschen, die ihr nicht gewogen waren, setzte ihr zu. Ihre schönen Nasenlöcher vibrierten. Für Menschen ohne meinen Blickwinkel und meine Kenntnisse erschien sie jedoch wie die Ruhe selbst.

Der immer noch im Fangstuhl arretiert Sachse zog mich auf seinen Schoß.

„Den Kleinsten aller Kleinen, die Berühmtheit. Dich nehme ich mit nach Speyer. Von dort nach Dresden. Ich züchte Zwerge", sagte er.

„Nein. Ich stehle deine Bruthenne und Thomele sorgt für eine Tiroler Linie", antwortete Ferdinand und riss die Vogelschnäblin an sich. Sie wehrte sich. Ferdinand wühlte in ihren langen Haaren. Beide Fürsten lachten, während Thomele nicht wusste, wohin schauen vor lauter Peinlichkeit.

Dann dirigierte Ferdinand uns hinaus in den Park in ein kleines Lusthaus mit dem „tanzenden Tisch".

Dort hieß er seine Schwestern und einige Tiroler hinsetzen, darunter auch von Firmian und Liechtenstein, Wortführer der Beschwerde beim Kaiserbruder, was diese gerne taten, denn der Wein war schwer gewesen. Thomele löste heimlich einen Mechanismus und schon drehten sich der Ahorntisch und die Stühle von Wasserkraft getrieben wie wild, machte die Sitzenden taumelig und versteckte Düsen spritzen sie nass.

Derart belustigt, schritt man zur Tafel. Sie war unter Baumkronen aufgebaut, vom Sonnenlicht durchflutet. Lichtpunkte hüpften über die Kapellknaben, die ein vielstimmiges Madrigal intonierten, das Hofkapellmeister Wilhelm Bruneau, ein Niederländer, speziell für diese Sommerbelustigung komponiert hatte. Giovanni, der solchen Sirenengesang nicht vertrug, stolperte über seine Birke.

Es wäre ermüdend, angesichts der Ereignisvielfalt dieses Tages, die Speisenfolge aufzuzählen. Vieles hatte Philippine mit ihrer Mutter selbst zubereitet oder nach eigenen Rezepten zubereiten lassen. Darunter Bratzeug, Knödel, Torten und sommerliches Kompott, raffiniert mit Gewürzen und Kräutern durchmischt. Alles aus ihrem Rezeptbuch, das viele hundert Gerichte enthalte, wie Ferdinand stolz verkündete.

Dann wandte er sich an den Sachsen: „Protestantismus schmeckt sicher nach Gerstenmus. Mus mit ein wenig Petersilie, aber nur an Erntedank“, höhnte Ferdinand und alle Tiroler lachten.

„Und Katholizismus schmeckt nach Riesenknödeln. Vor Fett triefenden. Nach sofortigem Erstickungstod“, gab der Herr aller deutschen Protestanten zurück. Jetzt waren die Deutschen über so viel Schlagfertigkeit erheitert. Laut, wie ein Kerl, lachte auch die Loxan, was manchem Katholen den Spaß besonders vergällte.

Nun ist es so, dass mein Herr und der Sachse sehr eng miteinander waren, beide hatten Jahre ihrer Kindheit gemeinsam in Innsbruck verbracht, unter der Fuchtel des gestrengen Johannes Rivius. Jetzt noch kicherten sie wie Knaben darüber, dass sie dem Schulmeister einmal die Bücher mit Honig zusammengeklebt und ein Hornissennest in die Gelehrtenkammer geschmissen hatten.

Kaum war man gestärkt und von noch mehr Wein erheitert, ging es zum Armbrustschießen auf Scheiben.

Zwei Gewinne hatte Ferdinand ausgesetzt: einen goldenen Becher im Wert von zweiundzwanzig Gulden und einen Ring im Wert von sechs Gulden.

Die Herren, allesamt Ritter, sollten in den Weibern ihre Meister finden. Philippine errang den kostbaren Hauptgewinn und ihre Tante Loxan den Ring.

„Alles Betrug“, schimpfte Firmian, „seit wann kann eine Krämerstochter schießen?“

„Wer die Welser Krämer nennt, muss die Habsburger Bettler heißen und die Tiroler Lumpensammler“, sagte der Sachse, der alles mitangehört hatte, so laut heraus, dass der Beschwerdeführer rot anlief.

Ferdinand gab dem lustigen Tischrat Frank ein Zeichen, da die Stimmung zu kippen drohte.

Der zog eine kleine Büchse hervor und rief zur Jagd, von allen Herren lauthals begrüßt. Dann blies er ein schräges Halali in ein kleines Horn und feuerte eine Salve auf die Vogelschnäblin ab.

Der Schuss war nicht tödlich, aber verheerend, denn seine Waffe war mit Ruß und Käsewürfelchen gestopft.

Die bis zur Brust Geschwärzte und Besudelte stürzte sich auf Frank. Der war der Angreiferin aber an Kraft und Größe derart überlegen, dass er sie leicht abwehrte und grob an den Zimthaaren riss.

Von Wein erhitzt, feuerten einige Herren das Zwergengezänk an. „Reiß ihr das rußige Gewand vom Leib“, grölte der Liechtensteiner, wohl bemüht, ihren Besitzer zu beleidigen.

„Das ist ja besser als jeder Hahnenkampf", juchzte Ferdinand von Bayern.

Es war Thomele, der den Wurstzwerg grob zu Fall brachte, indem er ihm einen Fuß wegzog. Es war auch Thomele, der nach dem Liechtensteiner trat, ihn am Schienbein traf, um dann nach dem Sachsen zu treten, den er knapp verfehlte. Dabei schrie er:

„Herzloser, wie kannst du das zulassen? Missachten die Sachsen so ihre Frauen?"

Es war Giovanni Bona, der mich an meinem Kragen emporschweben ließ, und es war Philippine, die voreilte, um das in der Luft mit allen Gliedmaßen rudernde Wutknäuel zu beruhigen.

„Muckeschisse verruckt, wege piccolina verruckt", sagte Giovanni, der für einen Riesen erstaunlich viel begriff.

„Er hat ein Herz wie ein Löwe, euer Stumpen", sagte der Sachse nach betretenem Schweigen. „Und er hat Recht, ich selbst habe derbe Gewalt an Weibern in meinem Reich verboten. Außer, wenn sie es wünschen." Die Herrenrunde grölte.

„Euer Zwerg schuldet mir etwas, Fürst", zischte der Liechtensteiner, als er an meinem Herrn vorbeistrich.

So kam es – nach noch mehr Wein und einer Jagd im Wildanger, die viel Rotwild und alle Sauen erledigte – zu einer unheilvollen Wette. Sie sah dergestalt aus, dass der Liechtensteiner behauptete, der Zwerg mit dem Löwenherz sei nie so mutig, mit einem Bären zu tanzen. Einem zahmen Bären. Denn solche hätte man in den Tierzwingern gesehen. Fett und faul seien sie.

Der Sachse befeuerte diese Idee, indem er damit prahlte, die Vogelschnäblin wäre bei einem Zirkus zu Ehren des russischen Zaren auf einer Löwin in die Arena eingeritten. Halbnackt, wie er mehrmals betonte. Auf einer ausgewachsenen Löwin. In Russland lasse man bei Hofe Zwerge sogar öffentlich kopulieren zur Belustigung der Zuschauer. Doch so etwas gäbe es bei ihm nicht.

Damit war mein Schicksal besiegelt. Die Damen waren bestürzt, sogar Ferdinands Schwestern. Die Nasenlöcher der staatsgeheimen Herrin von Ambras zitterten einmal mehr, da heftige Gefühle sie umtrieben. Wusste sie doch, dass Braunkittel und Ursina wenig freundlich waren. Jüngst hatten sie Konrad, ihren Wärter, verletzt. Eine Jagdhündin, die in das Bärengehege auf Futtersuche eingedrungen war, hatten sie zerrissen.

„Der Zwerg überlebt das nie“, schimpfte die Loxan laut. Doch wer redet einem Mann eine Männerwette aus? Unter Fürsten, mit genau den Zeugen, die ihn das Gesicht hätten verlieren lassen. Speziell im mannhaften Tirol.

So redete Philippine beruhigend auf die Vogelschnäblin ein.

Sie weinte. „Er stirbt, meinetwegen“, schluchzte sie und weiße Schlieren zogen sich durch ihr vom Ruß nur notdürftig gereinigtes Gesicht.

Dann ließ Philippine den Bären frisches Wasser bringen. Honigwasser, das diese liebten und sofort tranken, denn der Tag war heiß.

Zur angesagten Stunde kamen alle. Auch der lustige Tischrat Frank, ein feuchtes Tuch auf der Stirn, denn der Sturz hatte aus seinem wulstigen Schädel eine Beule sprießen lassen.

„Bald ist deine Stelle vakant und ich bekomme die Zwergin“, höhnte er.

Ich hatte schon die Fäuste geballt, als Konrad mich schnappte und vor den Zwinger zerrte. Hinkend.

Braunkittel hätte ihn gebissen, aus Eifersucht. Hätte er doch zuerst an dessen Weib von einem Spieß rohes Fleisch verfüttert, hieß es.

Jetzt biss ich Konrad in den Arm, doch schon hatte er mich durch die Futterklappe gedrückt.

„Die beißen besser“, lachte er.

Die Bären räkelten sich verschlafen. Straften das unbekannte Futter durch Missachtung. Das erzeugte lautes Missfallen bei den Wettbrüdern, so dass Konrad sich den Fleischspieß griff und die Bären piesackte. Der lustige Tischrat Frank blies in sein Jagdhorn. „Tanzmusik“, krähte er.

Nun doch in seinem Wohlbefinden gestört, brüllte Braunkittel fürchterlich und rieb sich die Augen mit den Tatzen, deren Krallen lang waren wie Dolche.

Ich würde sterben. Als Püppchen sterben. In spanische Hoftracht gekleidet, mit weißem Spitzenkragen, weißen Stiefelchen, die sich kontrastreich von der schwarzen Seide abhoben, und einer schwerer Goldkette, die bis zu meinem goldenen Gürtel hinunter baumelte. Die teure Staffage würden die Fleischfresser wohl verschmähen, den Inhalt sicher nicht. Meinen Degen hatte dieser Schuft Konrad mir entrissen.

Braunkittel stellte sich auf die Hinterfüße und zeigte mir sein enormes Gebiss. So, als ob ich es sei, der ihn drangsaliert hätte und ihm nun sein Weibchen abspenstig machen will.

„Geh auf ihn zu, bevor er dich angreift", hatte Philippine mir eingeschärft. „Ganz ruhig."

Ein Zwerg, vor der Wahl zwischen dem Teufel und dem Beelzebub, entscheidet sich für beide.

So tat ich wie geheißen. Mehr noch, ich schlang meine Ärmchen um den Bärenleib. Reichte Braunkittel nur bis zum Unterbauch, roch seinen beißenden Urin, seine flohpelzige, ranzige Haut und seinen Atem, der stank, als hätte er fünf von meiner Sorte gefressen und in seinem Maul verdaut.

Das Tier richtete sich zu seiner ganzen Größe auf, ich versank im roten Pelz. Dann spürte ich seine Pranken auf meinen Schultern, sanft. Ein haariger Großvater mit seinem kleinen Enkel. In einem Moment der Zärtlichkeit.

„Ihr seht, er kann es. Konrad, hol ihn raus." Ferdinand klang nervös. Doch bevor der Geheißene auch nur Anstalten machen konnte, hatte Ursina sich brüllend erhoben und trottete herbei.

Laut wie ein Windhauch schnüffelte sie an dem Wesen, das ihren Mann umschlungen hielt. Ihr Atem strich über meinen Rücken, meinen Schädel, mein Genick. Ihre Zunge ging den gleichen Weg. Prüfte sie auf diese Weise eine vermeintliche und so winzige Nebenbuhlerin?

Ich erwartete den finalen Biss, hoffte nur noch, dass es schnell geht. Dass mein Genick sofort bräche – als sie sich der Umarmung anschloss.

Eine kurze Ménage-à-trois, ein Gestank, wie in der Hölle. Dann fiel das Liebespaar um. Schreie gellten auf.

Nun verkeilten sich die riesigen Körper dergestalt, dass sie den Zwerg nicht erdrückten, er aber nicht unter ihnen hervorkam.

„Wollt ihr dem Bärenbetörer nicht helfen?", rief ich aus dieser denkbar unbequemen Position.

Nach aufgeregtem Geschnatter wurde Giovanni in den Käfig befohlen.

„Isch nixe todemüde", wollte er sich weigern, als Ferdinand ihm mit sofortiger Entlassung aus dem Dienst drohte.

So war es der Riese, der mich unter den Pelzleibern hervorzog, um mich mit dem gleichen Schwung in einen Haufen frischen Bärenkots abzusetzen.

„Muckeschisse, große Scheiße", diese Worte waren in seinem Repertoire nicht neu.

„Dafür ohrfeige ich dich", schrie ich. Die Festgesellschaft lachte Tränen, mancher erleichtert, dass er keine Zerfleischung hatte anschauen müssen.

„Darauf wette ich nochmals. Das schafft der Bärenbetörer aber sicher nicht", rief der Sachse.

Ferdinand zögerte. Seine Wettlust hatte wohl der Schreck ihm ausgetrieben.

„Ich wette um zwanzig Goldstücke. Gold für die Armen. Thomele schafft es!" Es war Philippine, die diese Fürstenwette aufgriff. Die gesamte Festgesellschaft verstummte. Ferdinand zog die Augenbrauen hoch. Doch welcher Fürst würde sich von einem Weib vorführen lassen? So war es abgemacht.

Für die Festgäste war ich jedoch nicht mehr präsentabel. Nach Bärenzwinger riechend und von Todesangst durchgeschwitzt.

Philippine hatte eine zweite segensreiche Eingebung – nach dem Mohnsaft im Honigwasser der Bären.

Sie ließ ihre geheime Badestube aufsperren. Zu meiner Wiederherstellung. Auch die Vogelschnäblin solle man säubern und eine neue Garderobe für sie beschaffen. Zwar könne man in der Eile nur wenig Wasser erwärmen, aber zum gründlichen Waschen reiche es.

So kam es, dass ich in ein Vorzimmer gelangte, in dem man seine Kleider abzulegen hatte. Fresken zeigten Badende in liebevoller Umarmung und nackte Nymphen. Nicht umsonst hielt die Herrin von Ambras es verschlossen.

Im nächsten Zimmer befand sich eine mit Metall ausgeschlagene Wanne, deren Dimension raumfüllend waren. Derartiges hatte ich selbst in Prag noch nie gesehen. Es befand sich so viel Wasser in dem Riesenbad, beduftetes Wasser, dass ich, der Winzling, mich an einen eingelassenen Schemel klammerte, aus Angst zu ertrinken. Schwimmen hatte der Sohn einer Fischerin nie gelernt.

Plötzlich war die Bademagd, die meine Säuberung überwachte, verschwunden und die Vogelschnäblin erschien vor diesem Wannenungetüm. Kletterte die Einstiegsleiter hinunter.

Dabei sollte sie in meinem Wasser baden. Später. Im verwässerten Bärendreck, nicht ich in ihrem Ruß.

Die forsche Besucherin trug nur ein leichtes weißes Unterkleid. Es schwamm auf dem Wasser wie eine Apfelblüte. Auch ihre langen Haare schwammen obenauf. Rote Tentakel, die nach der weißen Blüte griffen. Dann versank diese Pracht. Mit mir.

Die Zwergennixe zog mich in Tiefen hinab, die ein Thomele noch nicht kannte. Dabei ist für einen Zwerg alles sehr hoch oder sehr tief.

An diesem 13. Juli 1570 jedenfalls wurde das Kind Thomele zum Mann.

Ich hatte meinen Tod überlebt, Betrüger entlarvt, Edelleute und Pfaffen zuhauf beleidigt, Rechte oder Unrechte belauscht, bestohlen, getäuscht und verprügelt. Einen Riesen attackiert, wilde Bären betört. Aber ein hinterlistiges, zorniges und verzogenes Kind ist so lange ein Kind, bis es die Liebe kennen lernt. Und deren Zerstörung.

Halbwegs gesäubert und reichlich verwirrt eilte ich zum nächsten Höhepunkt des Tages.

Da für die Vogelschnäblin aus der Hofburg immer noch kein neues Kleid bereitlag, wickelte sie ein goldbesticktes Tischtuch um sich. Verwegen, wie eine Toga.

Nun schritt die Festgesellschaft durch Ferdinands Kunst- und Wunderkammer. Er präsentierte Schätze von solcher Art, dass Neid manches edle Gesicht entstellte.

Doch was kümmerte mich sein Korallenkabinett – sein „rotes, schwarzes und weißes Meergemüs", wie er die kostbare Sammlung beifällig nannte –, wenn die Halsbeuge der Vogelschnäblin von ihrem Schweiß zart glänzte?

Wen interessierten Kampfharnisch und Langschwert, die Karl V. beim Schmalkaldischen Krieg getragen, wenn ein Haar der Vogelschnäblin an ihren feuchten Lippen klebte?

Was war die goldene Brautschale der Margarete Maultasch, verziert mit Glückssymbolen, wenn alles Glück in einem Lächeln der Vogelschnäblin lag?

Was war ein geschnitzter Pokal aus Rhinozeroshorn gegen die Füße der Vogelschnäblin, ihre Zehen klein wie Rosinen?

Was kümmerte mich ein ausgestopftes Kalb mit zwei Köpfen, wo ich doch völlig kopflos war?

Was sollte ich mit einem vergoldeten Gondelautomat aus Venedig, dessen Mechanik einen Gondoliere Ruder schlagen und eine Hofdame Mandoline spielen ließ, wo ich meine vom Wasser nassen Finger noch auf den Brüsten der Vogelschnäblin spielen sah?

Sollte mich der Turban des mächtigen Sultan Suleimans beeindrucken, aus dreißig Ellen Stoffs gewickelt, wo eine Königin in einem Tischtuch vor mir stand?

Die smaragdgrüne Krone Montezumas, des letzten Aztekenkönigs – von Ferdinand aus der Vitrine geholt und der Vogelschnäblin aufgesetzt – war nur schön, da sie diese trug.

Mein Herr hatte von allem. Und er hatte von allem zu viel.

Ambras war auch ein unendlich trauriger Ort. Ungeheure Schätze hatte er angehäuft, wo so wenig genügt hätte, um die Frau seines Herzens glücklich zu machen.

In der Gemäldegalerie verharrte er vor einem Bild.

Es zeigte Giovanni Bona und mich: Ich, kleiner als des Riesen Hut und in der höfischen Tracht, die heute ruiniert worden war, er bildfüllend im rötlichen Gewand mit Pumphosen und modischen Schlitzen. Eine riesige Erdbeere mit einem viel zu kleinen Pflücker.

„Kann die Vogelschnäblin nicht bei uns bleiben, um hier verewigt zu werden?“, fragte ich meinen Herrn, um mehr Zeit mit ihr bemüht.

Er winkte ab. „Ich zeige nur, was ich besitze.“

Da begriff ich, dass ich ihm nie mehr wirklich gehören würde.

Die Sammellust meines Herrn hatte uns auch Wurzelmuck beschert. Seine Arme und Beine waren wie Lianen verdreht. Ineinander und unlösbar. Vor zarten Gemütern wurde er hinter einem roten Vorhang verborgen gehalten. Er sei nur ein halber Höfling, feixte Muck, da man ihn zwar mit Samtkappe und steifer, weißer Halskrause, ansonsten aber unbekleidet exponierte. Schließlich sollten die Betrachter den Lauf seiner verwobenen Glieder bis in die Gelenkpfannen hinein studieren könnten. Lustvoll angewidert. Verunglückte Geschöpfe haben jedoch selten ein verunglücktes Gemüt.

Eine Schandtat sollte dieser denkwürdige Tag noch bringen. Beim Rundgang durch Ferdinands Walhalla entglitt Philippine ihr Schnäuztuch. Giovanni Bona bückte sich danach, höflich. Genau dann knallte meine Hand in sein Gesicht.

Den geizigen Fürst von Sachsen schienen die zwanzig Goldstücke für die verlorene Wette nicht zu reuen. Hatte er anderweitig Gewinn gemacht?

Was denken, wenn man später erfährt, dass die Vogelschnäblin das Verschwinden der Bademagd mit einem goldenen Ring erkauft hatte? Einem Ring vom Finger ihres Herrn. Dem Mann, der sich mit ihr und mit mir hatte schmücken wollen. Der uns Zwerge brüten wollte.

War dies Liebe oder war dies Verrat mit Vogelknopfaugen und Rosinenzehen?

Würden sie mich in einen Sack stecken, die Häscher des Kaisers? Oder würden sie mich vor aller Augen in die Hocke zwingen und zwischen meinen Kniekehlen einen Stock durchzwängen, um meine Hände und Füße daran zu binden?

Nicht ohne mir zuvor jedes Fitzelchen Stoff vom Leib gerissen zu haben. Mein nacktes weißes Fleisch, meine langen Glieder zu einem Bündel verschnürt.

Jedes ehrbare Weib wäre dann gerne tot. Doch das Leben ließ sich nicht so leicht aus einem Körper vertreiben.

Dieses Gliederbündel würde gierig Luft einsaugen für seine letzte Reise. Dann käme der Aufprall, die Kälte. Der Kampf der Lunge, den letzten Atem nicht entweichen zu lassen.

Unterdessen drückten die Henkersknechte das Bündel mit langen Stangen unter die Oberfläche. Fließendes Wasser musste es sein. Es sollte mich doch von der Mannsteufelei reinigen, derer der Kaiserbruder mich beschuldigte. Schriftlich beschuldigte.

Wäre das Säcken ein gnädigerer Tod? Niemand stirbt gerne nackt. Wenn sie nur keine lebendigen Tiere in den Leinensack mit hineintäten:

Einen Hund, einen Hahn, einen Affen und eine Schlange – so forderte es die Tradition.

Doch wo an der Moldau, am Lech oder am Inn einen Aff' und Giftgewürm finden? Henkersknechte hätten immer Schlangenbilder dabei, hieß es. Und griffen statt einer Meerkatz' gerne einen großen schwarzen Kater.

Das Viehzeug würde mich zerkratzen, zerhacken und zerbeißen, um dann in Todesangst seine Gedärme über mich zu entleeren. Gab es Gnade für Weiber, die derart besudelt vor ihren Schöpfer treten müssten?

Im Ersäufen Augsburger Bürgerstöchter waren sie geübt.

„Wir wollen das Baderstöchterlein fein baden. Es von ihrer Sünd' an Fürst Albrecht reinwaschen", hatten die Häscher Herzog Ernsts beim Säcken der Agnes Bernauer gehöhnt. Und der junge Albrecht? Hatte sich dem Vater gefügt. Eine ewige Messe hatte er seinem Weib, der Bernauerin, noch gestiftet. Und sogleich Anna von Braunschweig gefreit. Standesgemäß.

Kaiser Sigismund persönlich hatte damals den Männerzorn gemäßigt. Darauf verstand er sich. Hatte er doch zuvor das bürgerliche Weib seines Schwagers Friedrich von Cilli ertränken lassen. Auch dieser ritt noch in seinem Gefolge mit.

Hatte nicht sogar ein Welser, mein Großonkel Anton, die Lamenit als Hexe ertränken lassen? Die Gespielin sei lästig geworden, hätte gelogen, hieß es.

Ja, ich werde mich hüten müssen. Hat Ferdinands Kaiserbruder doch verkündet, er sähe mich – „die verdammte Hündin" – gerne in einem Sack.

Es gäbe nur einen einzigen Trost: so ein verschnürtes und ersäuftes Menschenbündel – das wäre nicht mehr ich.

Innsbruck 1576

Ballett der Särge

Tote sind gut für die Lebenden, sofern sich mit ihnen Politik machen lässt. Das lernt ein Hofzwerg schnell.

Philippine, Nichte und Tochter ehrbarer Kaufleute, traf das Spiel mit den Toten jedoch unerwartet.

Alles fing damit an, dass Sigismund II. von Polen-Litauen im Jahr 1572 verstarb. Ein Vierteljahrhundert Streit mit dem zänkischen polnischen Adel ließen ihn gerne die Augen schließen zur ewigen Ruhe. Oder lag es am Zeugungsstress mit wechselnden Ehefrauen?

Sigismunds erste Ehe mit Elisabeth von Österreich, der Schwester meines Herrn, war unglücklich verlaufen. Als dritte Frau des Polenkönigs folgte deren Schwester, Katharina von Österreich, von der es hieß, sie hätte fallsüchtig mehr Zeit mit Ärzten und mit Riechsalzfläschchen verbracht als im Ehebett. Nun erlosch das Königsgeschlecht der Jagiellonen im Mannesstamm.

So kam der Kaiserbruder meines Herrn ins Spiel. Beides Söhne der fruchtbaren Anna Jagiello, entschied der Ältere, Ferdinand müsse als Königsanwärter in Krakau vorstellig werden und die Schwester Sigismunds freien, damit die eigensinnigen Polen beschwichtigt seien. Kinder zeugen und etwas hermachen könne er ja gut.

Jetzt könne er auch Ordnung in sein Leben bringen und seine unstandesgemäße Beischläferin heimschicken. In die deutschen Lande oder noch besser dorthin, wo der Pfeffer wächst, den diese Welser dann ernteten.

Hatten die Tiroler Landstände sich doch bei ihm für eine Trennung ausgesprochen. Erneut. Auch sollten die zwei Knaben, die Ferdinand mit dieser Person hätte, für immer von allen Ämtern ausgeschlossen sein. Sollten zugunsten standesgemäßer zukünftiger Kinder auf alle Erbansprüche verzichten, schrieb er. So wünsche es der Adel in Tirol.

Nun war Ferdinand ganz zerrissen. Welcher Zweitgeborene wird nicht gerne König? Sein Vater hatte es so bis auf den Kaiserthron geschafft. Im fertig gestellten Tanzsaal von Ambras, der prächtigsten und größten Halle, die ich je sah, hatte Ferdinand sich als Fresko verewigen lassen: als Herkules, die Keule zu Schlag erhoben, sein Haupt zierte ein Löwenhelm.

Mein Herr wäre aber nicht mein Herr, wenn er den Polen nicht die Frau seines Herzen hätte einreden wollen. Schon ließ er sie ihre schönsten Gewänder einpacken, um mit ihm an die Weichsel zu reisen. Die Landesmutter von Tirol und neuerdings auch Markgräfin von Burgau sei schön, sei klug und so gottesfürchtig, dass sie Polen alle Ehre mache, ließ er den polnischen Gesandten ausrichten.

Es freue sie, wenn Ferdinand von Österreich amüsante Kurzweil hätte. Mit dem Franzosen Henri von Valois hätte jedoch ein Ehrenmann vorgesprochen, einer, der eine Mätresse nicht für angemessen hielt, Königin von Polen zu werden, ließ man Ferdinand aus Krakau zukommen.

Ich bin ein Zwerg, ich weiß, wie man beleidigt: Doch diese Pointe war so spitz, dass sie sogar in Wien dem Kaiserbruder unter die Haut drang. Die Frechheit der

Polen sei bodenlos und nur übertroffen von der politischen Dummheit seines Bruders. Mit seiner Beischläferin mache er das Haus Habsburg in der ganzen zivilisierten Welt zum Gespött.

Es folgte der Krieg der Särge.

Ferdinand hatte die Fertigstellung der Hofkirche zu Innsbruck vorangetrieben. Eine Kirche allein dazu geschaffen, das Grabdenkmal Kaiser Maximilians I. zu beherbergen. Und was für ein Ding.

Ein haushoher Sarkophag inmitten des Kirchenschiffes, der alles überragte. So, als sei eine venezianische Punkgaleere kurz vorm Altar gestrandet. Die Sarkophaghülle von vierundzwanzig Tafeln weißen Tiroler Marmors umhüllt, in die Meister Colin aus Mechelen Szenen aus dem Leben des großen Max gemeißelt hatte: der Kriegsheld, der Türkenbezwinger, der Ehegewinnler, der Förderer der Künste und der Wissenschaft.

Dieses in Europa beispiellose Grabmal wurde von Figuren aus Maximilians weit verzweigter Familie umringt, oder solchen, die er dreist als seine Vorfahren vereinnahmte, wie etwa König Artus von England.

Eine imposante Trauergemeinschaft. In Bronze und übermannsgroß. Von Künstlern wie Albrecht Dürer entworfen und von den feinsten Gießern wie Gilg Sesselschreiber am Rand dessen, was mit Metall überhaupt möglich war, umgesetzt.

Vierzig „Schwarzmander", wie die Innsbrucker diese Bronzestatuen nannten, hatte der große Max bestellt und entwerfen lassen, achtundzwanzig waren unter seinem Urenkel fertig gestellt. Mehr waren nicht mehr bezahlbar. Ihre Bronzehände geformt, um Fackeln zu halten. „Hielten sie besser Säcke mit Geld darin", hatte Thomele gescherzt und von seinem Herrn einmal mehr eine Kopfnuss erhalten.

Doch selbst der hartgesottene Zwerg bekam Gänsehaut, wenn das Bronzegesicht Kaiser Maximilians bei nächtlichen Messen im Fackelschein erglühte. Merkwürdig von unten angestrahlt. Denn der große Max überragte seine Armleuchter noch um gut vier Fuß. Kniete auf dem First seines Grabmals im Krönungsornat. Überragte den Altar als Gipfel seiner eigenen Ehrerbietungspropaganda.

„Gotteslästerlich sei es, auf Gott hinabzublicken", schimpften viele. Maximilians Habsburgernase war jedoch der Wetterhahn des damaligen Weltgeschehens gewesen. Sollte er nicht auf die Pfaffen hinabblicken?

Nun hatte das Grabmal das Problem, dass der Verstorbene fehlte. Der große Max lag in Wiener Neustadt begraben.

Die Innsbrucker hatten ihren Kaiser und seinen Tross dereinst nicht beherbergt auf seiner letzten Reise. Todkrank hatte er vor den Stadttoren nächtigen müssen, da bei manchem Wirt noch manche Rechnung offen war.

So legte er sich andernorts ins Totenbett. Von allen verlassen. Ließ seinen noch warmen Kadaver peitschen, mit Asche überstreuen, ihm alle Zähne ausbrechen und sein kaiserliches Haupt kahl rasieren, um als armer Sünder seinem Schöpfer gegenübertreten zu können.

Das Grabmal zu Innsbruck hingegen sollte sein ewiges Loblied singen.

Sein Urenkel Ferdinand, also mein Herr, der seinerseits dringend gute Propaganda benötigte, wollte dieses Scheingrabmal nun mit dem gedachten Inhalt füllen.

Das wäre opportun für das Haus Habsburg und für den jetzigen Kaiser, schrieb Ferdinand nach Wien. Eine schöne Leich' sei im frommen Tirol gleich doppelt schön.

Man hatte der Überführung der Gebeine in die Hofkirche schon zugestimmt, als der Kaiserbruder persönlich die Heimkehr des großen Max verzögerte.

Ferdinand müsse erst nach Krakau gehen und die Stanislausschwester freien. Dann erst käme der Urgroßvater nach Innsbruck und auch er käme dorthin, um dem Erzherzog von Tirol und neu gekrönten König von Polen mit gebührender Devotion zu feiern.

Dieses Sargspiel spielten die Brüder also. Eher ein Ballett mit Pirouetten des Schicksals. Bald schon tanzte Philippine mit. Gezwungenermaßen.

Ihr Einsatz war hoch. Sie liebe ihn, ihren Gatten, so sehr, dass sie ihn freigebe. Frei für Polen und für Tirol. Würden die Bergler sie doch immer noch verhöhnen und die Polen schon jetzt.

Auch wolle sie zwischen den Brüdern nicht länger der Stein des Anstoßes sein. Sofern Ferdinand sie und die Kinder gut versorge, wäre er frei. Dies hörte Thomele ganz genau.

Mein Herr hingegen wollte Philippine nicht freigeben. Wollte seine Söhne heranwachsen sehen.

Unter uns: Er hatte sich im Inntal auch so wohlig eingerichtet, wie es ihm in Polen sicher nie gelänge. Die Tiroler waren nicht einfach, aber zu einer spitzfindigen Revolution völlig ungeeignet. Vernarrt in ihre Bergherrlichkeit und mit dem festen Willen, politisches Weltgetümmel an ihrem Herrgottswinkel vorbeiziehen zu lassen.

Auch mein Herr hatte so zu denken gelernt: Ade Welt, mir passt Tirol!

Ich sage es nur ungern, selbst ein Thomele ertappte sich neuerdings dabei: Zunächst denkst du, diese Bergungetüme vernichten dich. Lebst du länger in ihren Schluchten, fühlst du dich wie in einem Krippenspiel. Kennst deinen Platz. Bist behütet. Denkst, die Welt „draußen“, vor diesen Mauern aus Stein, möchte dich vernichten. Nur der Föhn, der einem selbst das Schmalz aus den Ohren hinausbläst, wurde nie mein Freund.

Nun war mein Herr auch nicht mehr ganz gesund. Zum Jagen, Fischen und Lieben reichte es aber allemal. Überhaupt, wieso sollte er eine vertrocknete Königsschwester entstauben, wenn bella Philippine in seinen Armen lag?

Das Sargspiel der Brüder hatte Tradition. Nicht nur, dass ihre Großtante, Johanna die Wahnsinnige, den toten Gatten auf allen Reisen hatte mitführen lassen.

Auch der Vater meines Herrn hatte Särge nach Gutdünken in Bewegung gesetzt.

Hatte die Zwillinge Philippines, die sie nach den Burgknaben noch geboren hatte, die aber bald in Bürglitz verstorben waren, dort ausgraben und im Veitsdom neu beerdigen lassen. Beides im Dunkel der Nacht.

Illegitime Bastarde, wie er wohl dachte, doch seine Enkel allemal.

Nach dem Tod des Vaterkaisers hatte mein Herr die kleinen Leichname aus ihrem Domgrab hervorholen lassen, denn deren Mutter wäre nicht ohne sie nach Tirol gereist.

In Ambras wiederum war die Ausladung der Särge aus Philippines Kutsche beobachtet worden und heizte seitdem die Gerüchteküche an.

Mein Herr hat die weit gereisten Totenkinder dann in der Pfarrkirche zu Innsbruck beisetzen lassen. Heimlich.

Nicht lange nach dieser Episode gab es eine neue Variante des Sargspieles.

In bester Laune hatte Anna Welser das sonnig gelegene Schlösschen Weiherburg auf der anderen Talseite zu ihrem Wohnsitz gemacht. Begeistert wie kleine Kinder hatten Mutter und Tochter sich des Nachts Leuchtzeichen quer durch das Inntal geschickt.

Als ihre Tochter und mein Herr dann in Karlsbad kurten, brach der alten Welserin der Magen durch. Jeder Bissen, jeder Schluck Wasser sprudelte durch dieses neue Körperloch. Unverdaut. Mit Eiter vermischt. Sie hielt aber so lange durch, bis die Tochter wieder aus Böhmen heimkam. Eine Welser hält stand.

„Ich habe lange den Kummer über meinen Mann in mich hineingefressen“, sagte sie, als ich von ihr Abschied nahm. „Der muss hinaus. Das kostet mich das Leben, jetzt, wo er bei einer Jüngeren liegt.“

Mein Herr hat die tapfere, wenn auch heimliche Schwiegermutter zunächst in der Dorfkirche von Amras beisetzen lassen. Dabei wollte sie bei den toten Zwillingsenkeln ruhen.

Inzwischen hatten sich die Wogen gegen die wilden Weiber von Ambras aber so aufgebauscht, waren durch das Sommerfest nur kurz geglättet worden, dass eine tote Welserin in der Innsbrucker Pfarrkirche nicht geduldet war. Und eine lebende nicht gerne gesehen.

Bald nach Philippines Mutter verstarb ihr Vater Franz in Ravensburg. Als Protestant. So, wie es die alte Welserin gesehen hatte. War noch einmal Vater geworden.

Zuvor hatte er Ferdinand als Kunstberater gedient. Für gutes Geld wenig geleistet. „Er hat die Hofkrankheit", wie die alte Welserin dies genannt hatte. Auch Philippines Bruder, Karl Welser, litt jetzt daran. Nur einmal war der Vater in der Innsbrucker Hofburg erschienen. Hatte auch einen Eintrag in das Ambraser Trinkbuch gemacht.

Dann brachte ein Streit ihrer Burgleute Philippine bei den Tirolern erneut in Misskredit. Ihr Burghauptmann Jakob Wacker war hitzig und seine Wachleute nicht weniger.

Beim Dorffest von Amras schlug ein Burgwächter einen Bauernbursch zum Krüppel, fing selbst aber nur ein paar Blessuren ein, wie man meinte. Seine Rauf- und Saufkumpanen schleppten ihn zum nächsten Tanz. Obwohl er sich vor Trunkenheit nicht mehr bewegte. Ein Dorfliebchen wollte den Höfling dann mit süßen Küssen aus seinem Rausch erwecken, als sie bemerkte, dass er tot war. Wohl schon seit Stunden tot war.

Der Amraser Pfarrer weigerte sich, den Raufbold aus dem Schloss bei sich zu begraben, „wo allerlei Unzucht und Rumor herrscht". Auch hätten übermütige Hofleute schon „manchen bravern Tiroler entleibt". Der Kirchendiener des nah gelegenen Dörfchens Aldrans ließ gleiches ausrichten.

Philippine musste den Sarg des Wachmannes bis nach Hall schaffen lassen. Nur wenige Tage nach seiner Beisetzung stand der Sarg samt Inhalt wieder vor dem Schloss.

Der Hauch des Todes streifte auch mich.

Noch am Sommerfest von Ambras hatte der Erzherzog von Sachsen meinem Herrn einen Koch abgeschwatzt. Unbedingt müsse man die Kochkünste der schönen Philippine nach Dresden bringen, auch manches Schmankerl der österreichischen Küche sei willkommen, es müssten ja nicht immer erzkatholische Knödel sein.

Es traf Jost, unseren Pastetengott, sehr zum Missfallen von Philippine. Zum Trost übersandte der Sachse ihr zwei gute Jagdhunde, wonach sie ihm ein Fässchen selbst eingemachter Preiselbeeren bringen ließ.

Jost unterrichtete eine ganze Armada an Köchen. Wurde schnell in ganz Sachsen berühmt, so dass mancher Graf, Freiherr und Bischof seinen Koch von ihm ausbilden ließ. Erst jetzt, im dritten Sommer, kehrte er zurück.

Mehr als alles andere wollte ich das Neueste von der Vogelschnäblin hören.

Die hätte nach dem Ambraser Fest, er glaube im Frühjahr, ein Kind geboren. Tatsächlich ein Zwergenkind. Kaum größer als eine frisch geworfene Katze. Es hätte aber nur wenige Tage gelebt. Ihr Herr sei sehr ungehalten gewesen, dass sein vermeintlicher Züchtungserfolg gescheitert sei.

Dann sei die wohlgestaltete Zwergin nochmals schwanger geworden. In ganz Sachsen hätte er keine Anmutigere gesehen. Angeblich von einem russischen Grafen. Einem Langmenschen, normal gewachsen. Diese Schwangerschaft hätte sie nicht überlebt, worauf ihr Herr den Russen in Ketten legen ließ.

Was waren Ketten gegen ein gebrochenes Herz?

Encore. Das Schicksal hatte sich immer noch nicht ausgetobt.

In der Hofburg erschienen zwei Maler aus Venedig. Kein Bellini und schon gar kein Tizian, aber gut genug für ein ordentliches Porträt, wie ihre Werkproben zeigten.

Die Anmut der Herrin von Ambras hätte sich bis zu ihnen herumgesprochen und so baten sie meinen Herren, zwei Porträts von ihr anfertigen zu dürfen. Auf eigene Kosten. Eines als ihre Referenz, das andere für die erzherzogliche Schönheitsgalerie. Man hätte gehört, bella Philippine befände sich schon als Münze darin und in Öl. Aber ein neues Bildnis, nach dem Leben gemalt, würde ihm und sicher auch ihr gefallen.

Wieder einmal etwas klamm im Budget, aber gebauchpinselt, willigte mein Herr sofort ein. Bald wäre Philippines Namenstag und gegen ein Abbild der Liebsten, kostenfrei und prompt geliefert, wäre nichts zu sagen, mag er gedacht haben. Alles Italienische liebte er sowieso. Nach all dem Leid und den Schmähungen täte Philippine diese Ablenkung sicher gut.

So ließ er Spirelli und Canarella im Gästetrakt unterbringen, um sie am Morgen nach Ambras zu schicken.

Hätten sie dort vorgesprochen, hätte Hofmeister Rudolf von Wels sie abgewiesen und auch Burghauptmann Wacker sie nicht eingelassen. Hatten sie doch Anweisung, alle Besucher zunächst in der Hofburg auf ihre Gesinnung überprüfen zu lassen.

Bei meiner Naseninspektion sah ich Reste von Schnupftabak in Spirellis Nase. Ein neumodisches und teures Vergnügen unter Höflingen.

Und kein Spritzer Farbe war an ihrer Haut. Auch nicht unter ihren Fingernägeln oder auf den Schuhen, wie bei Pinselschwingern so üblich, selbst wenn sie ein sauberes Festgewand besaßen. Überhaupt schienen ihre zarten Finger kaum zum Bilderrahmen zimmern, Leinwände zuschneiden, spannen und präparieren geschaffen. Diplomatenhände.

Als ich später die Taschen der Italiener inspizierte, sie saßen beim Wein, fand ich einen Zettel, den ich als Plan von Ambras erkannte: die Gemächer der Welserin verzeichnet mit allen geheimen Türen, selbst dem einzigen Schleichweg, um die Burgwachen zu foppen.

Ich hatte ihn schon benutzt, als ich nach dem Zusperren des Tores vom Kartenspiel heimgekommen war. Nur ein Ambraser konnte derartiges wissen. Oder ein Spion.

So verbarg ich mich hinter einer geheimen Tür des Schlafgemachs, in dem Spirelli nächtigte. Hinter einem Gobelin versteckt, war sie nur bei Mätressen bekannt.

Ich hatte jedoch nicht bedacht, dass Gäste dieses Schlages ihre Unterkunft genau durchstöbern.

Spirelli zog mich hervor und drückte mir die Kehle zu. Ganz sicher wäre ich erstickt, hätte ich nicht meinen Dolch gezückt, als der Italiener mit dem Abklopfen der Wände begann. Ich rammte ihn dem Würger in den Arm. Der ließ stöhnend von mir ab.

Thomele schrie und rannte um sein Leben. Spirelli hinterher. „Fermati, nano!“, wütend mein Stehenbleiben einfordernd, denn der Schlaftrunk im Wein machte seine Beine schwer, Thomeles Misstrauen nach der Nasen- und Handinspektion sei Dank. Und der Ampulle, die Philippine ihm aufgedrängt hatte, „bei all dem

Gesindel, das durch die Hofburg kriecht". Nun rettete ihr Mohnsaft auch sie.

Fand sich in der Gerätschaft der falschen Porträtisten doch eine kleine Armbrust, die ein Reh auf gut 50 Fuß fast lautlos tötet.

Im peinlichen Verhör gestanden die Herren dann, von einem Unbekannten aus Wien gut bezahlt worden zu sein, um die Welserin zu entführen. Oder zu töten, wenn dies misslänge.

Nie fand mein Herr den Auftraggeber heraus. Aber die Eiszeit, die zwischen meinem Herrn und seinem Bruder ausbrach, ließ den Kaiserurgroßvater in Wiener Neustadt festfrieren.

Selbst nach dem Ableben des Kaiserbruders drei Jahre später sollte der große Max seinem Grabmal fernbleiben. Dies verrät der Zwerg schon jetzt.

Nachdem Philippine von der gefährlichen Episode erfuhr, brach sie zusammen.

Als kurz darauf ein Erdbeben die italienischen Schornsteine vom Dach in Ambras rüttelte, der Hofburg tiefe Risse zugefügte und fast alles Porzellan zerschlug, sah sie darin ein schlechtes Omen. Nicht für Tirol, nein, für ihre Ehe.

Bald schon nach seiner Ankunft in Tirol hatte mein Herr sein Testament gemacht und gesagt: „Die Fürsorge von Weib und Kindern den Brüdern zu überlassen, wäre wie Rehkitze in der Obhut von Wölfen." Das kaiserliche Gebot der absoluten Geheimhaltung seiner Ehe bedrückte auch ihn. Doch weiter blieb die Vermählung des Ferdinand von Österreich mit Philippine Welser eines der bestgehüteten Geheimnisse des Abendlandes.

Selbst venezianische Gesandte, welche sonst mit feinstem Spürsinn politische Geheimbünde und Liebesränke an Adelshöfen erfassen, ahnten von der heimlichen Ehe nichts. Diese Venezianer beschattete wiederum ich.

Sogar der berühmte Montaigne, Meister der Spitzfindigkeit und dies in Frankreich, nannte Philippine eine manierliche Konkubine, als er auf Bildungsreise Ambras durchstreifte.

Mich verlieh mein Herr dorthin. Verging doch kaum ein Tag, wo der lustige Tischrat Frank und ich in der Hofburg nicht aneinander gerieten. Magnifico war bald und sehr heiter gestorben: „Lo faccio molto volentieri", so seine letzten Worte nach dem zweiten Winter in Tirol.

Doch auch ich, der Spaßmacher, wurde meines Lebens müde. Eine Umgebung, wo Kulisse, Spiel und leere Possen wichtiger waren als Inhalt, wurde mir fad.

Waren doch Oberflächlichkeit und Schein die Signatur von allem, was mein Herr liebte. Auch seine Söhne, die vermeintlichen Burgknaben, erzog er so, was wiederum der Mutter sehr missfiel.

Wenn Philippine schon keine erste Wahl gewesen war, so war sie doch die Beste, sofern man Aufrichtigkeit und Bodenständigkeit in solchen Kreisen als Wert bemisst.

Waren sie und die frappierend ehrliche Loxan doch die einzigen, die den Erzherzog am Boden hielten, ihn immer wieder kurierten. Von seinen Hirngespinsten und von sich selbst.

Philippine war ein Faden in Ferdinands Gewebe, fest eingewirkt. Nicht der schillernde Goldfaden vielleicht, aber die gute Wolle, die alles wärmt und fest zusammenhält.

Was macht man mit einem Amüsierzwerg, der der Gefallsucht überdrüssig geworden ist?

„Dein Zwerg ist schlau, lass mich ihn heilkundig machen", bat Philippine ihren Mann, der ihr dies sofort untersagte. Ausdrücklich und als Erzherzog.

Er, der sie sonst mit Pelzen, feinsten Lederhandschuhen aus Venedig, mit Parfüms aus Ferrara, Elfenbeinkämmen, mit Gold beschlagen, und Schmuck aus den Goldschmieden Nürnbergs und Augsburgs ausstaffierte. Erst im letzten Jahr hatte er 830 schneeweiße Hermelinpelze ankaufen lassen. Dazu 800 Ellen Samt, 92 Ellen feinsten Atlas und 120 Straußenfedern. Vieles für Philippines Kleiderkammer.

Ganze Handelszüge ließ er mit den Produkten Italiens über den Brenner ziehen. Darunter Trauben, Limonen, Zitronen und Kastanien. Aus Böhmen kamen fette Wildsauen und Bresnitzer Pilze. Gelüstete es Philippine oder ihn nach Spargeln, ließ er sie zur Saison in Bozen frisch stechen. Und aus Venedig ließ er Austern herbeischaffen. In Eilritten, kistenweise.

Fürstlich waren auch die Geschenke, die Ferdinand an Liegenschaften der Gemahlin übergab: Nebst Ambras samt einer Propstei und einigen Höfen im Mittelgebirge, die Abgaben an die Schlossküche entrichteten, waren das Gericht Stubai, die Herrschaften Königsberg, Salurn und Hörtenberg in ihre Hände übergegangen. Das Schildlehen Hohenburg bei Igls kaufte sie vom eigenen Geld.

Allein im Vorjahr hatte der Erzherzog 120.000 Gulden für seine Hofhaltung ausgegeben.

Ein Mann von solcher Großzügigkeit wollte seiner Frau nun die Ausbildung eines Zwerges verbieten?

Man würde sie schon genug verteufeln, vor allem in den Tälern, wo der Aberglauben stark sei, versuchte Hofmeister Rudolf von Wels, ein Tiroler, seiner Herrin zu erklären.

So begann die Frau mit den schönen Nasenlöchern, bisher immer geduldig, immer gefügig, ihre Rebellion.

Am nächsten Tag schon ließ sie sich in einer Sänfte mit ihrem Apothekenkoffer nach Aldrans tragen. Ich auf ihrem Schoß.

Noch am Vorabend hatte sie mir mit Tausendguldenkraut die Haare gebleicht. Meine neue Verwendung sollte mit einer neuen Erscheinung einhergehen. Der listige Kobold als Unschuldslamm.

Wir besuchten einen Einfältigen, der unter Fallsucht litt.

„Die Mutter Gottes mit dem Jesuslein“, schrie der auch gleich, als er die große blonde Frau und den güldenen Zwerg erblickte. Philippine ließ ihm einen mit Lederrand verstärkten Fallhut, Nahrung und frische Kleider bringen.

Einen Wassersüchtigen behandelte sie mit Absinthöl und gab auch ihm ein neues Gewand. Er küsste ihre Füße, als sei sie eine Königin.

Eine junge Magd aus Wilten, halbtot wegen Blutungen, heilte sie mit Huflattich, Kalmus und Holunder und überraschte sie vor ihrem Hochzeitstag mit einem Hochzeitskleid. Ihr Bräutigam, ein ländlich grober Bursche, soll geweint haben, als er sie so sah.

Dem kleinen Sohn eines Bauern, der an Würmern litt, ließ Philippine aus trockenen Eibischstängeln, Kornblumen und Pfirsichblüten ein Pulver bereiten, das ich in einem Mörser zerstieß. Das Gesinde bekreuzigte sich, als das Helferlein der edlen Frau ins Haus trat.

Für das Töchterchen eines Jägers rieb ich Brechnuss. Es hatte Schießpulver verspeist. Bald erbrach es schwefelig stinkenden Schleim auf meine weißen Stiefel und gesundete.

Immer geschickter wurde meine Handlangerei. Wollte meine Lehrmeisterin doch beweisen, „dass auch im kleinsten Körper eine große Seele wohnen kann. Und in einem verfemten Weib“, wie sie gerne hinzufügte.

Lungenkranke in Aldrans fanden Genesung, nachdem sie ihnen einen Trank aus Benediktenwurz bereitete und ich ihre Brust mit Zwiebelwickeln bedeckte. Brühheiß, so wie Philippine es einst bei mir getan hatte.

Einem Amraser Bauer, der am Ohrreißen litt, tat ich Schafwolle hinein, die sie mit Kamillenöl getränkt hatte.

Auch als Naseninspekteur war ich nützlich. Erfasste viel vom Wesen eines Kranken, ohne dessen Berücksichtigung manche Therapie misslingt.

Ich hatte meiner Lehrmeisterin inzwischen gestanden, dass ich bei unserer ersten Begegnung in den Gärten des Hradschin beschlossen hatte, sie inbrünstig zu hassen, bis ich an ihrer Nase ihre besondere Begabung entdeckt hatte.

Die Loxan und Schlossapotheker Gorin Guranta kamen mit dem Zubereiten von Tränken, Pulvern, Pastillen und Salben kaum nach. Der Arzneigarten wurde erweitert und Philippines Leibarzt, Dr. Handsch, musste bei mancher Arznei helfen.

Auch für die Ärmsten ließ Philippine teure Zutaten beschaffen: Chinarinde aus Venedig gegen Fieber oder Gilgenwurz, aus der weißen Lilie gewonnen, der Brandwunden linderte, die bei den offenen Feuerstellen der Tagelöhner häufig vorkamen. Und Zahnwurz kaufte sie gleich sackweise, dessen Sud gegen Maulseuche, den Zahnwurm und Säuferatem hilft.

Auf unseren Wegen zu den Kranken ließ sie mich Pflanzen und deren Anwendungen dahersagen:

„Fenchel, Lavendel, Salbei und Sauerampfer machen den Pups entspannter, Mönchspfeffer, Liebstöckel und Frauenmantel helfen dem Weib beim Monatsgegrantel, Zinnkraut, Eibisch, Thymian und Kapuzinerkress bei Katarrh und Entzündungen fress, Minz-, Anisöl, Veilchen und Königskerz lindert den Hustenschmerz, Estragon, Brennnessel, Bibernell und Kamill trink heiß, wer besser pissen will, Pfingstrose und Bilsenkraut treiben den Krampf und die Gicht heraus ...“

Stunden ging das so. Sie schärfte mir ein, dass das Leben eines Menschen davon abhängen kann, dass ich jedes Kraut und dessen Dosierung kannte. Mit schwäbisch-resoluter Gründlichkeit hämmerte sie mir eine Apotheke in meinen Zwergenschädel.

Dann kam der Tag, an dem Philippine befahl, die Pforten von Ambras zu öffnen. Für Notleidende und Kummergebeugte.

Sie strömten so zahlreich, dass die Loxan, die anfangs genau Buch geführt hatte, es bald aufgab.

Sicher Volk darunter, das das Schloss gestern noch verflucht hatte und sich jetzt an stärkendem Rosensirup, Quitten- und Weichselsaft labte.

Alles was nützlich erschien und gut roch, riss man uns aus den Händen. Philippines Rezeptbuch wuchs auf weit über einhundert Seiten an. Unermüdlich probierte sie Neues, ergänzte Altbewährtes.

„Aus dem schönsten Palast der Alpen macht sie ein Siechenhaus", schimpfte Ferdinand. Unterband es jedoch nicht, vielleicht sogar erleichtert, dass der Frau, um deren Leben er hatte fürchten müssen, jetzt so viele Herzen zuflogen.

Ernsthaft lamentierten jedoch die Sargmacher, jetzt, wo nicht mehr so fleißig gestorben wurde.

Und Bittschriften kamen an, Körbe voll: Frauen flehten für ihre eingekerkerten oder des Landes verwiesenen Männer um Begnadigung, Schuldner baten um milde Gaben, Witwen um Zehrpfennige für die Hinterbliebenen, Kranke um Hausbesuche, Dienstsuchende bewarben sich um Stellen, Hofsängerknaben um Stipendien.

Bettelbriefe kamen auch aus dem fernen Rosenheim, Mauls, Bozen, Kastelruth, Meran, Burgau, Günzburg und sonst woher.

„Die hochgnädigste Liebhaberin aller betrübten Herzen könne auch ihren kleinen Engel die Medizin vorbeibringen lassen", schrieb die Witwe eines Kaufmannes aus Rovereto und machte den Zwerg schmunzeln.

Selbst die Gräfin von Arco suchte Rat.

Irgendwann erschienen dann Ferdinands fromme Schwestern zum Tee – und wenn man schon da sei, man hätte nachts kalten Schweiß und ein Flohstich hätte sich entzündet.

Sogar der Loxan wollten sie die Hand reichen, jetzt, wo sie doch zum rechten Glauben gefunden hätte. „Obwohl ich nicht mehr hätte müssen, wo wir doch jetzt so beliebt sind in Tirol", sagte sie und eilte grußlos davon, schelmisch grinsend.

Unterdessen verhandelte der Erzherzog mit Rom über die Erhebung des nun erwachsenen Andreas zum Kardinal. Hierzu bedurfte es jedoch des Nachweises, dass der Sohn ehelich geboren sei.

So schickte Ferdinand das Zeugnis seiner kirchlich eingesegneten Ehe nach Rom, von Pater Cavaleri, der sie getraut hatte, verfasst. Dies war dem prüfenden Konsortium nicht genug. So musste auch die Loxan ihr Schweigegelübde brechen. Bei der Trauung in ihrer Schlosskapelle zu Bürglitz sei sie zugegen gewesen, schrieb sie.

Auch eine Abschrift des Schweigevertrages mit seinem Kaiservater legte der Erzherzog bei. Er riskierte viel.

Bei Papst Gregor XIII. war der Erzherzog als ein Verteidiger des rechten Glaubens bekannt. Wohlwollend entband er alle Beteiligten von ihrem Schweigeversprechen, fast zwanzig Jahre hatte es bestanden. Dann erkannte er die Ehe des Erzherzogs von Tirol mit Philippine Welser offiziell an.

Als Zeichen seiner Gunst ließ der Papst der gläubigen Katholikin Philippine ein Ablasskreuz überbringen. Unhandlich groß. Doch selten habe ich sie glücklicher gesehen.

Ferdinand glaubte nun, seine Gattin würde auch in Tirol als solche gewürdigt, wenn man dies am Heiligen Stuhl schon täte.

Doch je mehr Philippine geachtet, ja geliebt wurde, umso mehr war sie anderen vergällt.

Die Jesuiten plädierten, die Ehe für ungültig erklären zu lassen.

„Eine Bürgerliche, noch dazu ein Kräuterweib, sei nie und nimmer die rechte Herrin für Tirol", schrieben sie.

Mein Herr ließ ihnen das Recht zur Beichte entziehen. Was ihm schwer fiel, da er Petrus Canisius, der in Innsbruck manche Schrift verfasst hatte, schätzte.

Sie waren jedoch nicht die einzigen, die so dachten.

Auch die Landstände forderten die Annullierung der Ehe vom neu gewählten Kaiser Rudolph II. in Prag.

Selbst Adelige, die Ferdinand persönlich mochte, gaben zu bedenken, dass nur eine standesgemäße Vermählung standesgemäße Erben bringe.

Philippine verbarg ihre Enttäuschung in Krankengängen. Nicht mehr die Einfältigen beleidigten sie jetzt. Ihre Feinde waren die klügsten Köpfe Tirols. Umso perfider ihr Spott.

„Lass sie reden, sie sagen es dir nie ins Gesicht", versuchte die Loxan zu trösten.

„Wer hinter meinem Rücken redet, der redet mit meinem Arsch", sagt der Zwerg dazu.

Andreas musste die Tante heimlich vor das Tor von Bresnitz legen, damit ich das vermeintliche Findelkind überhaupt annehmen durfte. Mein eigen Fleisch und Blut. Am Veitstag 1558 empfing ich ihn. Sein Vater sah ihn erst nach Wochen.

Bei Karl die gleiche unwürdige Kasperei vor Bürglitz. Dort fühlte ich mich noch weniger sicher als in Bresnitz mit meinem Cousin als Burghauptmann und Tante Loxan, die von allen verehrt wurde. Oder respektvoll gefürchtet.

Doch Ferdinand wollte mich näher bei Prag haben. Tauchte aber kaum häufiger auf.

Auch bei den Zwillingen verfuhren die Tante und die Mutter wieder so. Alle „Waisenkinder" hat der verschwiegene Cavaleri getauft.

Als das Fieber dann die kleinen Körper verzehrte, trotz aller Medizin, zuerst den zahnenden Philipp und drei Tage später Rotlöckchen Maria, musste ich sie wie tote Krähen verscharren lassen. Dabei war Mariechen Ferdinands Augenstern.

Als ob das noch nicht genug Prüfungen für eine Mutter wäre, stahl man mir die toten Kinder noch.

Agenten hätten sie ausgegraben, wurde gemutmaßt, als ich mit der Tante auf Auerhähne und Fasanen gegangen war. Agenten des Kaisers! Ein Kaiser, der unschuldige tote Kinder stiehlt?

Nicht wirklich trauern dürfen, nicht beim Mann sein dürfen, der Kinder beraubt werden, keine Anklage erheben dürfen.

„Einsamkeit ist die Mutter der Sehnsucht", sagt man in Böhmen.

Einmal nur habe ich gewagt, eine von Ferdinands Belustigungen zu besuchen. Wollte den berühmten Garten seiner Mutter mit eigenen Augen sehen. Wo sonst gäbe es so seltenes Blüh- und Grünzeug zu entdecken?

Er hat mich in die Prager Gesellschaft einführen wollen.

Eine Katastrophe! Böse Blicke, böse Gespielinnen. Waren es abgelegte?

Bartlmä war dereinst außer sich gewesen, als er von der Vermählung erfuhr:

„Sie werden keine Geschäfte mehr mit uns machen, sie werden andere anstiften, keine Geschäfte mehr mit uns zu machen“, hatte er geschrieben. „Und du wirst spüren, was es heißt, dennoch weiter als die Mätresse eines Fürsten gelten zu müssen. Dein gutes Herz, deinen wachen Verstand werden sie mit Füßen treten.“

Er sollte Recht behalten.

„Sehnsucht ist die Schwester der Erfüllung, die schönere Schwester zumeist.“ Auch das sagen sie hier.

Venedig, Ferrara, Mantua 1579

Die italienische Braut

Ich hatte gehofft, alle Winterreisen abgedient zu haben. Doch dem war nicht so.

Im Spätsommer hatten wir den Hof von Dresden besucht. Mit zweiundsiebzig Kutschen, eine mit der nun offiziellen Gattin Philippine besetzt.

Es war September, als ich am Grab der Vogelschnäblin stand. Glaubte, mit der Messingplatte verschmelzen zu müssen. Vor Hitze und vor Liebe. Der erste aller Sachsen hatte sie an der Elbterrasse begraben lassen, nebst anderen Zwergen wie Spatzkopf, Rotmeisin, Zeisig oder Rohrdommelchen und seinen Lieblingshunden. Sie vergewaltigen uns und erniedrigen unsere Körper und Seelen, um uns dann Vogelnamen zu geben.

Nun wollte Ferdinand nach Italien. Im Januar. Unbedingt. Ohne einen politischen Anlass für eine winterliche Überschreitung der Alpen. Offiziell.

Wieso sollte ich ihn dann begleiten? Der Hofzwerg, der nur noch ungern ein Höfling war.

Als Prachtstück, Thomele sei der Kleinste aller Kleinen, immer noch. Man wolle ein paar Fürsten besuchen. Und nach Venedig. Ottheinrich von Braunschweig-Lüneburg, Schwager Maximilian und Ferdinand von Bayern kämen mit. Schon aus Gewohnheit hätte der nach dem Pastetenzwerg verlangt, ließ mein Herr seine Gattin wissen.

„Man bringe mir meinen Stumpen!“, lärmte er dann so eindringlich, dass ich, um Philippine nicht zu schaden, aus einem Versteck hervorkroch.

Allein die Vorstellung, die Stadt im Wasser zu sehen, rettete meine Contenance.

Karl von Burgau, Philippines Jüngster, begleitete uns. Ein Mann sei kein Mann, wenn er die Schätze und Schätzchen Italiens nicht gesehen hätte, so der Vater augenzwinkernd. Karl müsse schließlich nach Bräuten schauen. Die Kavalierstour des Sohnes sollte auch seine Vergnügungsreise sein.

Wir fuhren, so weit es ging. Mein Herr war behäbig geworden. Jung geblieben war jedoch seine Ungeduld, so eilten wir durch Welschtirol, ohne die Einladungen der Bischöfe von Brixen und Trient zum „Frühmahl“ anzunehmen. Auch Pergine, Borgo, Feltre, Treviso und Mestre streiften wir nur. Von dort aus hatte sich der Erzherzog jeden feierlichen Empfang bei der Signoria, der Stadtregierung von Venedig, verbeten.

Während des Geschaukels zu Wasser zog ich meinen Hut tief ins Gesicht, stumm versunken in meiner Angst. Als wir uns der Stadt näherten, befahl mir mein Herr aufzublicken, da ich solches in meinem Leben nicht mehr sähe. Aus der hellen Nahtstelle, die den Winterhimmel mit der bleiernen See verband, wuchsen Türme und Paläste empor.

An einem der prächtigsten legten wir an, dem Palazzo Dandolo. Er war unser Quartier. Eine Dogen-Dynastie gleichen Namens hätte ihn erbaut. Blutrot war er, die Balkone und Fenster wie aus weißem Zuckerguss angeklebt, seltsam gotisch-muselmanisch geschwungen. Dieses Haus war eine Melodie, ein Wohlklang aus Macht und Heiterkeit. So wie alles in Venedig.

Wie zur Bestätigung wölbte sich nicht weit davon die Ponte dei Sospiri über einen Kanal. Anmutig, aber verhängnisvoll. Verurteilte müssen sie überqueren, vermutlich aus tiefer Brust seufzend, um fortan in den Bleikammern zu schmachten.

Zwei Häuser zur Linken lag der Dogenpalast, in rosa, größer noch als der Palazzo Dandolo mit noch mehr Zuckerguss. Die Schäden eines Brandes von außen kaum sichtbar, obwohl das Feuer erst vor zwei Jahren gewütet haben soll.

Unser erster Gang galt der Besichtigung des Arsenals. Eine Festung innerhalb der Stadt, versperrt mit Toren und Wachtürmen.

Kein unbefugter Blick gelangte hinein.

Nun macht ein Thomele sich nichts aus Schiffen, befand sich jedoch inmitten einer Wunderwelt. Merkwürdiges ging darin vor. Ein Schiff, im Arsenal auf Kiel gelegt, konnte am nächsten Tag fertig sein, hieß es. Keine Gondel. Nein, ein Handelsschiff oder eine Galeone mit bis zu vierhundert Mann Besatzung.

So viele Menschen hatte ich noch nie bei der Arbeit gesehen: ein Hämmern, ein Sägen, ein Segelmachen, ein Schmieden, ein Pechkochen, ein Kalfatern. Karl trug mich auf dem Arm, zertreten hätte man mich sonst im Fertigungsgewimmel. Sieht man dies, versteht man Venedig und verneigt sich vor seiner Seemacht.

Vor der Seeschlacht von Lepanto im Golf von Korinth seien in zwei Wochen einhundert Galeeren gebaut worden, hieß es. Dreißigtausend Arbeiter hätten daran mitgewirkt. Eigentlich hätte das Arsenal die Türken besiegt.

„Schau mit deinen Augen für mich“, hatte Philippine zum Abschied gesagt. Ihre schönen Nasenlöcher schnäuzend. Oft hätte ihr Bartlmä von der größten Hebammenstube der Schifffahrt berichtet und vom Fondaco dei Tedeschi, wo die deutschen Kaufleute ihre Geschäfte abwickelten.

Am nächsten Tag besah man sich den Markusdom, auch dieser auffallend muselmanisch, scheinbar aus Kuppeln zusammengesetzt, inwendig überkrustet mit Goldmosaiken.

Auch zu einem Gemälde Veroneses führte man uns, worin ich mehrere Kleinwüchsige entdeckte. Sie wuseln zwischen Jesus und seinen Jüngern herum und sollen dem Zwergenfreund großen Ärger bereitet haben, da viele Betrachter uns nicht für gottgefällig halten. Dann begrüßten uns die Botschafter Spaniens, Frankreichs und des Papstes. Der kaiserliche Gesandte, Graf Dornberg, war schon in Mestre zu uns gestoßen.

Der Doge empfing uns mit dem Rat der Zehn im Festsaal des Palazzo Dandolo. Seine Repräsentationsräume seien immer noch vom Ruß geschwärzt, entschuldigte man sich.

Sebastiano Venier war kürzlich verstorben, einer der Sieger von Lepanto hatte es bis zum Dogen gebracht. Gerne hätte mein Herr dem „Türkenverdränger“ gehuldigt, dessen Antlitz in der Ambraser Kunstkammer an bevorzugter Stelle hing.

Sein Nachfolger Nicolò da Ponte schien dem biblischen Moses gleich. War im siebenundachtzigsten Lebensjahr in dieses hohe Amt gekommen, ein schlohweißer Bart züngelte in zwei Strängen über seine Brust. Er stützte sich auf kostbares Elfenbein.

„So etwas Mickriges verfüttern wir an Fische“, brummte er, als er mich sah.

Mein Herr hatte ihn als Botschafter Venedigs noch bei seinem Kaiseronkel Karl V. kennen gelernt und wusste, dass der viel Studierte Rätsel liebte.

Dann kam ich zum Einsatz:

„Ein Ungeheuer hält vierzig Zwerge in einer Höhle gefangen. Sie müssen ein Rätsel lösen, sonst frisst es sie.

Der Unhold wirft jeweils zehn rote, grüne, gelbe und blaue Mützen in die absolut dunkle Höhle. Jeder muss eine aufsetzen, dann sollen die Zwerge einer nach dem anderen aus der Höhle kommen und zwar so, dass die Mützen nach den vier Farben getrennt sind und sich auch farblich getrennt aufstellen.

Kein Wort darf gesprochen werden, sonst frisst er die Zwerge gleich.

Ehrenwerter Doge, Ihr seid der Zwergenkönig, wie instruiert Ihr Eure Leute?“

Seine buschigen Augenbrauen zuckten.

„Sie sehen gar nichts in der Höhle?“ Eigentlich sah der Corno Ducale auf seinem Kopf einer roten Zwergenmütze ähnlich.

„Nein“, sagte ich.

„Alle Mützen fühlen sich gleich an?“

„Absolut.“

„Man kann die Farbe der Mütze, die man selbst aufhat, also gar nicht erkennen?“, fragte er mit einer Hand an seine eigene Spitzkrone greifend.

„Nein“, bekräftigte ich.

„Dürfen sich die Zwerge zumindest Zeichen geben?“, er wirkte aufgeregt.

„Nein.“

„Sie müssen aus der Höhle und dürfen von keinem Zwerg, der draußen ist, einen Hinweis erhalten?“ Der Doge zwirbelte ganz ungeniert an seinen Bart.

„Nein“, wiederholte ich.

„Bei vier Farben dürfen die Zwerge nicht in eine Reihe treten, zu hoch wäre das Risiko“, murmelte er.

Dann erhob er sich, erstaunlich drahtig für sein Alter, packte vier Männer aus dem Rat der Zehn an ihren kostbar bestickten Ärmeln und zog sie in die Saalmitte. Diese sichtbar verblüfft.

„Angelo, du hältst einen Finger hoch, Tino, du zwei, Giovanni, du drei, Adriano, du vier“, befahl er.

„Der erste Zwerg stellt sich auf, los Angelo. Und lass deinen Finger oben“, sagte er nachdrücklich.

„Du bist der Zweite. Tino, stell dich versetzt daneben. Der dritte, schlaf nicht Giovanni“, er klopfte diesem mit seinem Stock auf den Rücken, „schiebt sich zwischen die beiden. Nein, nach hinten versetzt. Ihr müsst ein Dreieck bilden“, rief der Doge und malte eines mit seine Gehhilfe in die Luft.

„Der vierte Zwerg sieht dann, ob eine Farbe doppelt vorhanden ist, und stellt sich entsprechend. Adriano, halt deine vier Finger hoch“, du schwörst doch auch sonst jeden Eid“, schalt er diesen.

„Und wenn alle drei Zwerge die gleiche Farbe haben, sagen wir grün, oh ehrenwerter Doge?“, gab einer aus dem Rat der Zehn, der nicht ausgewählt worden war, zu bedenken.

„Wenn alle die gleiche Farbe tragen, stellt er sich etwas abseits, sie bilden ein Viereck. Falls noch ein Gleichfarbiger dazukommt, ein Pentagon.“

„Ein was?“, entfuhr es dem dreifingrigen Giovanni.

„Ein Fünfeck. Wohl bei der Mathematik ein Schläfchen gemacht?“ Der Doge stocherte wild in die Luft. Die gewünschte Form mit dem Stock andeutend.

Der Rat der Zehn vermied unsere Blicke, während mein Herr und Ferdinand von Bayern mühsam ein Grinsen unterdrückten.

„Ist jede Farbe einmal vorhanden, stellt sich der nächste Zwerg in die Mitte“, der Herr von Venedig hatte wieder seine Fingerhochhalter gepackt und schob sie wie auf einem imaginären Spielbrett umher, so beherzt, dass sein Bart und sein Gewand flatterten.

„Und der nächste schubst den immer wieder nächsten so, dass er zur richtigen Farbe gehört.“ Er schubste und kicherte vor Vergnügen.

„Sie dürfen sich nicht verständigen, ehrwürdiger Doge. Und Schubsen wäre ein Zeichen“, sagte ich.

„Schubsen ist ein Versehen, ein inszeniertes Versehen, wie in der Politik“, wiegelt er ab.

Nun trieb er alle zehn Ratlosen zusammen.

Einer wäre fast gestolpert, andere irrlichterten umher, bis ein Schlag seines Stabes sie korrigierend ausrichtete.

Der Doge gruppierte sie zu Rauten, zu einem Oktaeder, zu einer Sternformation mit ihm als Mittelpunkt, seine Gehhilfe wie einen Marschallstab emporgereckt.

Die Bediensteten liefen herbei und auch wir trauten unseren Augen kaum. Dieser Moses scheuchte sein Volk durch die Wüste. Nicht wie ein Prophet, wie ein aufgekratzter Hütebub, der Gänse triebt.

Mein Herr gab mir ein Zeichen.

„Ehrwürdiger Doge, bei allen brillanten Einfällen wurde die Schlauheit der Zwerge unterschätzt:

Sie kommen erst bei Nacht aus der Höhle, dann sind alle Katzen und alle Mützen grau“, sagte ich.

Der alte Mann hielt inne, schwer atmend. Schwankend. Dann brach er in schallendes Gelächter aus.

Er ließ für uns eine Regatta ausrichten. Das schlaue Fischfutter, wie der Doge mich fortan nannte, setzte man in einer Galeere auf den Ehrenplatz.

Dann ließ er am Markusplatz seine Kapelle aufspielen, gut fünfzig Mann.

Unweit unserer Tribüne erblickte ich einen goldenen Galgen.

Der sei für einen Betrüger errichtet worden, sagte man. Er hätte der uralten Großherzogin Bianca Capello versprochen, sie fruchtbar zu machen, und dafür 25.000 Scudi eingestrichen. Patriarch Antonio Grimani hätte er mit Goldmacherei zunächst begeistert und dann um viel Geld gebracht. Der hätte den Galgen mit Goldpapier bekleben und den Scharlatan aufhängen lassen. Gestern erst. Dr. Keller hätte er geheißen.

Am sechsten Tag nach unserer Ankunft nahmen wir Abschied. Gerne hätte mein Herr die Glasbläsereien auf Murano besucht, wurde aber höflich abgewiesen. Dieses Geheimnis behielt die Serenissima für sich.

Zum Trost ließ der Doge noch eine Komödie aufführen. Viel Liebe und viel Täuschung. Nicht halb so erheiternd, wie es der Ehrwürdige und seine Ratlosen gewesen waren.

Wir machten einen Schwenk nach Ferrara. Wohnten im üppigen Castello Estense des Alfonso II. d'Este, einem Schwager meines Herrn. Zwar war Barbara von Österreich kürzlich kinderlos verschieden. Doch bald schon würde er sich neu vermählen. Wieder innerhalb der Familie, mit einer Nichte meines Herrn, Tochter des

Hauses Gonzaga und der Eleonore von Österreich, wie der Italiener durchblicken ließ.

Meinen Herr verband noch anderes mit Alfonso.

„Weißt du noch, wie es gegen den alten Suleiman ging?“, so seine Begrüßung, denn beide hatten sie am Feldzug gegen die Osmanen teilgenommen.

„Ich schon, du warst krank“, konterte der.

„Dafür bist du nicht König von Polen geworden, so wie ich auch nicht“, sagte mein Herr und beide fielen sich lachend in die Arme.

Es folgten unbeschwerte Tage mit Ballspiel und Jagd, unterbrochen von musikalischen Darbietungen. Auch Alfonsos beachtliche Tizian-Sammlung mussten wir bewundern und die Universität von Ferrara.

Aus Rom traf Kardinal Andreas zur Begrüßung seines Vaters ein.

Gemeinsam ging es weiter nach Mantua.

Was ist die Mühsal der Berge gegen die Langweile der Ebene?

„In diesem hinterfotzigen Nebel verirrt man sich“, schimpfte mein Herr. „Keine Wintersonne, keine Gipfel zur Orientierung. Und der Nebel über diesem schlammigen Po wabert wie ein Hexenkessel.“ Falsch lag er nicht. Doch wer redet einem Kurzbeinigen das flache Land aus?

Man denke sich einen endlosen Sumpf, mit einem Ziegelstein als Zentrale. Einen riesigen Ziegelstein mit 450 Zimmern darin, dann kennt man Mantua und den Palazzo Ducale.

Gut, ich darf nicht klagen, wir trafen lange vor den Stechmücken ein. Auch bestand der Sumpf eher aus vier Seen, die durch die Regulierung des Flusses Mincio entstanden.

Die Innenstadt war herrschaftlich und die regierende Familie sehr reich.

Guglielmo Gonzaga war der erste Fürst, den ich mochte. Wirklich mochte. Er war hässlich, bucklig und klein. Nur einen guten Kopf größer als ich gewachsen. Verwachsen, denn seine Knochen seien schon von Geburt an krumm wie Sauschwänze gewesen, wie mein Herr meinte.

Ferdinands Schwester, Eleonore von Habsburg, war fast zwanzig Jahre mit dem Buckligen vermählt. Hatte sich zunächst fürchterlich gesträubt, dieses Monster zu heiraten, wie all ihre heiratsfähigen Schwestern. Erst als der Kaiservater sie auf die Wichtigkeit des Hauses Gonzaga eingeschworen hatte, hatte sie den Handel zugelassen.

War gleich nach der Brautnacht schwanger geworden, worauf Guglielmo die weit gerühmte Hofkirche Santa Barbara für sie hatte errichten lassen.

Das Monster war großmütig mit einem regen Geist.

Sein Haus war ein Musenhof, er hatte den großen Torquato Tasso in sein prachtvolles Sumpfloch geholt, er musizierte und komponierte.

Das galt auch für Guglielmos Spiel mit der Macht. Hatte es vom Herrscher über Stechgeschmeiß und Kaulquappen zum Herzog von Habsburgs Gnaden gebracht. Seine nächste strategische Komposition belauschte ich.

Doch zunächst wurden die Gäste gefeiert. Unser Besuch fiel in die Faschingszeit und wir kamen kaum ins Bett vor lauter Turnieren, noch mehr Komödien, Banketten und Tänzen.

Eleonore empfing ihren Bruder, meinen Herrn, in ihren privaten Gemächern, kredenzte ihm noch mehr Leckereien und umstickte ihn mit ihrem Garn.

Der Bucklige nahm dieses Fädlein auf. Der Fortbestand der Familie Gonzaga sei durch Sohn Vincenzo gesichert. Nun galt es, die Töchter zu verheiraten. Margherita und Anna Caterina.

Alfonso d'Este bevorzuge die 15-jährige Margherita. So wäre nur die um zwei Jahre jüngere Anna Caterina noch im Angebot.

Zunächst hatte es den Anschein, als feilsche mein Herr für seinen Karl. Obschon Guglielmo dem Schwager hinter verschlossenen Türen offenbarte, dass seine Töchter nur an einen leibhaftige Fürsten gingen.

Zuvor hatte die Schwester argumentiert, dass er seinem Land und der Casa de Austria sukzessionsfähige Erben schulde und ihn dabei mit Faschingskrapfen gemästet.

Und hätte nicht auch ihre gemeinsame Schwester Magdalena, als Vorsteherin des Damenstiftes zu Hall, ihm Anna Caterina als Braut empfohlen? Und sei seine Lieblingsschwester nicht gleichermaßen gottesfürchtig und klug?

Auch hätte man Nachricht, der kinderlose Rudolf II. in Prag sei kränklich. Als Ältester des Hauses Habsburg sei die Kaiserkrone für Ferdinand vielleicht nicht mehr fern?

So kam es, dass Erzherzog Ferdinand von Österreich einen Ehevertrag mit Guglielmo Gonzaga aushandelte. Für sich.

Das Datum ließ man offen. Dies schwört ein Thomele, der nun das Bräutlein beschreibt:

Zwar war Anna Caterina nicht verwachsen, aber auffallend klein und mit einer Entennase behaftet. Selbst die Nasenlöcher schnabelartig geformt und nach vorne verdickt, was so selten vorkommt, dass der Kolbenphilosoph kaum wusste, wie dies zu deuten sei.

Sie ging auch wie ein Wassertier, schaukelnd, die Füße leicht nach außen gestellt. Das Kind hatte die Kunstliebe des Vaters und die Frömmigkeit der Mutter geerbt. Hieß es doch, dass Eleonore von Österreich nach der Geburt von drei Kindern ihre ehelichen Pflichten als erfüllt betrachtet hätte und sich nur noch barmherzigen Werken und Frömmigkeitsübungen widme.

Keine glänzende Partie also, aber Geld schmückt ungemein.

Bei der Rückreise nach Tirol legte mein Herr sein Inkognito ab und ließ sich huldigen. Mir allein war der Grund für seine Feierlaune bekannt, denn Karl wollte vom Vater das Datum für seine Verlobung erfahren: „Das Gänslein ist reserviert, doch erst wenn es blutet, will der Schwager ein fixes Datum nennen“, vertröstete er den Sohn.

Die an der Straße liegenden Schlösser der Landadeligen begrüßten uns mit Böllerschüssen. In Rovereto, Bozen und Brixen rückte die Bürgerschaft bewaffnet aus und bildetet beim Einzug des Erzherzogs Spalier. Die Roveretaner überreichten ihrem Landesfürsten ein ansehnliches Geschenk, bestehend aus Austern, Geflügel und Fischen.

Am 11. Februar gelangte man auf den Brenner. Damit wir die Passhöhe überhaupt überschreiten konnten, mussten einige hundert Mann aufgeboten werden, die den Weg von Schneemassen befreiten.

In Ambras war alles für die glückliche Heimkehr vorbereitet mit Tanz und Schmaus. Mein Herr schloss Philippine in seine Arme: „Geliebtes Weib, ich habe dir Austern mitgebracht, Neptuns Früchte der Liebe", gurrte er.

Ein Neuanfang in Tirol. Lange hatte ich davon geträumt. Selbst die Mutter und die Tante hatten diesen Sprung gewagt.

So viel Hoffnung lag in dieser Bergschönheit. Klare Gedanken, klare Luft.

Zauberhaft ist dieses Ambras. Ähnlich groß wie Bürglitz, lieblicher jedoch.

„Als meine Heimat für immer", hat Ferdinand mir dieses Kleinod geschenkt.

Der Großzügige, der zu Großzügige.

Vieles lässt er dem Bergadel durchgehen, des lieben Friedens willen. „Sie sind so stur, wie die Massen aus Stein, aber wenn sie dich lieben, dann mit der Macht von Lawinen", sagte er.

Seit meiner Ankunft überschütten sie mich mit Häme und Hass.

War ich in Böhmen nur ein Fürstenliebchen, bin ich jetzt noch die Hex.

„Die Fleisch gewordene Zersetzung von Moral und Andacht", wie es in Innsbruck gepredigt worden war.

So sehen ihre Lawinen aus. Ihre Unterstellungen haben eine Schärfe, die ich von Böhmen noch nicht kannte.

„Es ist die Weltunerfahrenheit, die aus ihnen spricht, befeuert durch ihr gläubiges Herz", wiegelte Ferdinand ab.

Ich bin eine gute Katholikin, doch ist die Loxan weniger, wenn sie den gleichen Gott anders verehrt?

„Das Paradies öffnet sich nur dem Lachenden", sagen sie hier.

Dem, der über dich lacht, oder dem, den sie verlachen?

Seit bekannt wurde, dass ich die rechte Gemahlin bin – „keine fleischliche Unzucht begehe", wie die Jesuiten meinten –, weht noch mehr Gegenwind aus der Stadt heraus.

Zwei Jahrzehnte hatte ich die Wahrheit herbeigesehnt.

Und nun drängen die Jesuiten und die sturen Landstände auf die Annullierung der Ehe: Man wolle nicht an Österreich zurückfallen, war der letzte Kaiser ein Protestantenhutscher, sei der jetzige ein Alchemist.

Nicht die kleinen Leut sind die Trompeter des Unheils. Nicht mehr, seit viele unter meinen Händen gesundeten.

Die Selbstgerechten trompeten jetzt vor Jericho:

„Die göttliche Zorn-Rute schwingt der Allmächtige gegen die Dahergelaufene und gegen das tierlich kleine Monstrum", schimpfte erst gestern ein Gottesmann.

Gibt es die Heiterkeit des Herzens in Tirol nur beim Wein?

Innsbruck 1580

Himmel und Erde liegen auf mir

In ihrem vierzigsten Jahr wurde Philippine kränklich. Vor allem dort, wo eine Frau nie krank werden sollte für ihren Mann.

Als es ihr noch besser ging, hatte sie einmal mehr im böhmischen Karlsbad Linderung gesucht. Als sie es dorthin nicht mehr schaffte, machte sie Ambras zu ihrem Hospital.

Fast täglich badete sie ihren Schoß in ihrer riesigen Wanne. Nein. Bis zur Schmerzgrenze gesotten hat sie sich: in Arnika und Kamille, die die Kupferplatten mit gelblichem Brei verschmierten, oder in Liebstöckel und Bertramwurzeln, grobes Zeug, das die Abflüsse verstopfte.

Sogar in Goldwasser badete sie, mit Zimtrinde beduftet.

Die Mägde klagten über lahme Rücken. Endlos Wasser schleppen, endlos Brennholz herbeischaffen, denn der Ofen fraß Holz wie die Rinder das Heu. Hundert Eimer Wasser mussten es sein für eine Unterleibstortur.

Der Aufwand war noch billig, verglichen mit den Büchern. Unzählige Bände über Botanik und die Heilkraft der Pflanzen, die Philippine von überall beschaffen ließ: etwa das „Heilkundliche Herbarium“ von Hieronymus Bock, ein Buch, dick wie eine Truhe, oder die „Göttliche Pflanzenapotheke“ vom inzwischen verstorbenen Giuseppe Mattioli. Den treuen Wegbegleiter hatte in Triest die Pest dahingerafft.

Auch die Schriften des streitbaren Paracelsus Theophrastus von Hohenheim kannte sie. Seine Erkenntnis, dass „all Ding Gift sei und allein die Dosis mache, ob etwas kein Gift sei", inspirierte sie für ihr Rezeptbuch. „Des Guten zu viel, wird nimmer gut", schrieb sie.

Ihre persönlich Devise war: „Die Qualität macht die Wirkung." Ganz eine Welsertochter und eine würdige Nachfahrin des großen Bartlmä.

Kaum ein Tag verging, wo sie nicht ihren „Gewürzgott" erwähnte. Und die verblichene Mutter, die sie zur Heilkunst gebracht hätte.

Dieses ständige Vermissen machte die Frau mit den schönen Nasenlöchern nicht gesünder.

Ihre eigentliche Malaise war jedoch die ihres Schoßes. Eine feuchte Hitze köchelte in ihrem Unterleib, juckte, ja brannte bis zum Wahnsinnigwerden.

Immer mehr Händler schafften immer mehr Pülverchen und Kuriositäten herbei. Und dies, obwohl ihr Kräutergarten Erstaunliches hervorbrachte. Ferdinand, der nach wie vor seine eigene chemische Küche in Ambras betrieb, rief verstärkt Alchemisten und Wunderheiler.

Alles wollte Philippine wissen, um es an sich selbst auszuprobieren. So mutig war sie.

Scheute keine Kosten bei der Zubereitung ihrer Medizin. Nehmen wir ihr Rezept für die „Monatskrankheit", einem Weiberleiden, das ich nicht näher erläutern will:

„Reibe nux vomica, also die gemeine Brechnuss, rote Korallen, Krebsaugen, von jedem ein Quintly. Dazu Perlen, klein gemahlen und Hirschhorn, ein Quartly. Alantwurzel und Eichenmispel, von beidem zwei Quintly.

Vom getrockneten Wolfsherz ein Lot. Aus all dies mach ein Pulver und nimm es abends und morgens getrunken in Eisenhartwasser oder Lindenblütentee."

Ferdinands lustiger Tischrat Frank, der mit ihm in der zotigsten Sprache verkehrte, brachte es auf den Punkt:

„Was die Staatskasse herbeischafft, gurgelt im Badwasser der Gnädigsten hinaus."

Zum Entsetzen von Philippine antwortete Ferdinand:

„Was der Mann in Liebe einbringt, wäscht das Weib aus sich heraus." Die Doppeldeutigkeit seine Worte erfreute ihn so sehr, dass er fast daran erstickte.

Es war Philippine, die dann seine wund gelachte Kehle mit einem warmen Trunk aus Rosensirup schmierte.

Sie war es auch, die den Wurm, der ihn benagt hatte, bändigte. Ferdinand konnte weiter essen, trinken, jagen, herrschen, lieben und sammeln. Wie immer von allem zu viel.

Und es war seine Liebe, die sie krank gemacht hatte.

Für die Menschen in Tirol war sie immer noch die „Hexe von Ambras", die „Teufelspraktikantin", die „heilkundige Fee", die „mildtätige Mutter Tirols". Je nachdem, wen man fragte.

Mir gefiel, was der englische Gesandte über sie gesagt hatte:

„Würde die Welserin nach dem Stein der Weisen forschen, wäre sie das klügste Weib der Welt."

Wie konnte er auch wissen, was nur ich und die alte Loxan wussten und keiner je aussprach:

Philippine benötigte all ihr Geld und all ihr Wissen, um am Leben zu bleiben. Was ihr immer schlechter gelang.

Sie hatte Ferdinand jedoch so weit hingebracht, dass er in seiner Rolle zwar nicht brillierte – wie er dachte –, aber funktionierte.

Der kunstsinnige, der friedliebende Herrscher von Tirol.

Nun, er musste friedlich sein! Den körperlichen Strapazen eines Heerlagers war er längst nicht mehr gewachsen.

Vor fünfzehn Jahren schon hatte er den Zug gegen Sultan Suleiman abbrechen müssen. Es war Philippine gewesen, zu der er sich fiebrig durchgeschlagen hatte, mit birnendicken Knoten in den Leisten.

Sie hatte ihn mit ihrer Heilkunst wieder in den Hradschin gebracht und dann nach Tirol.

Mit der unansehnlichen Pflanze, mit dem die Welser gute Geschäfte machten: dem Guajak, auch „Franzosenholz“ genannt.

Wurde doch erzählt, Seeleute des Christoph Kolumbus hätten die Franzosenkrankheit von den Antillen nach Barcelona eingeschleppt, wo sie von Hafenliebchen auf französische Söldner übergesprungen sei. Bald raffte sie auch die feinsten Herren dahin. Ein Gruß aus der neuen Welt, die man ihrerseits mit Pestilenz aus der alten überzogen hatte.

Ferdinand war noch ein Jüngling gewesen, als ihm eine Kurtisane dieses ungalante Andenken hinterlassen hatte. Eine Holländerin soll es gewesen sein. So hatte es Dr. Mattioli, damals noch Leibarzt des Vaterkaisers, über den jungen Prinzen notiert.

Aber erst Philippine sollte gelingen, was keinem studierten und gut alimentierten Medikus gelungen war: Ferdinands Genesung.

Nur ihr selbst gelang das Gesundwerden nicht.

Jedes Kind hatte die Krankheit noch tiefer in sie hineingetragen. Die Zwillinge hatte sie dann kaum noch überlebt. So wie diese nicht zum Leben geschaffen waren.

Freilich hielt sich Philippine oft nicht an die von Ärzten empfohlene Diät. Die hatten ihr das Sauerkraut verboten. Da sie, darin ganz deutsch, es aber so gerne aß, briet man es statt mit Schweinefleisch mit dem Fett vom Kapaun. Auch die Abendspeise – die achte Mahlzeit, kurz vor Mitternacht eingenommen, zu der man Gäste auch weckte – taten weder ihr noch ihm gut.

Selbst unter der Woche und ohne Besuch, was selten genug vorkam, ließ sie zum Mittagsmahl in Ambras nie unter vierundzwanzig Gerichte reichen. Jost, inzwischen zum Küchenmeister aufgestiegen, kochte ihr Kochbuch hinunter und wieder hinauf: zweihundertfünfundvierzig Rezepte standen zur Auswahl, darunter sechzig Torten und manch andere Nascherei. Auch Giftbecher-Gustl als Vorkoster hatte Philippines Kochkunst manche Speckfalte zu verdanken.

Selbst bella Philippine war stattlich geworden. Jetzt, wo sie auch im Leben mehr Gewicht erhielt. Und Ferdinand richtig feist.

Oft schwollen ihre Füße an, gichtige Gelenke schmerzten, die Leber zwickte. Die Malaise ihres Schoßes war jedoch von größter Niedertracht.

Um Maria Lichtmess des Jahres 1580 bohrte sich ein Schmerz von ihrem Unterleib bis unter die Schädeldecke. Durchdrang sie wie ein glühendes Schwert.

Ängste peinigten sie. Wenn sie im Bett lag, klagte sie, dass Himmel und Erde auf ihr lägen. Mit geschlossenen Augen sprang sie empor und schrie: „Was ist mit mir?"

Zu Fasching quälte sie sich wieder aus ihrer Kammer, um mit Ferdinand die Hochzeit ihres böhmischen Neffen, Johann von Kolowrat, mit ihrer Tiroler Hofdame Catarina von Payrsberg zu feiern.

Natürlich gab es wieder einen prächtigen Umzug und natürlich übertraf Ferdinand alle an Pracht. Saß als Göttervater Jupiter in einem goldenen Wagen mit einer Krone, hoch wie ein Lattenzaun, und angeklebtem Schimmelschweif, der sich als Bart gar nicht schlecht machte. Das Prunkgefährt von drei Adlern gezogen. Wer genau hinsah, erkannte, dass die Adler Hufe trugen. Man hatte Schwazer Grubenpferdchen in Gefiedermäntel gesteckt.

Der nun zwanzigjährige Karl von Burgau lief als Herkules mit. Das Heldentum, das ihm das Leben verweigerte, genoss er umso mehr in der verkehrten Welt des Karnevals.

Auch Giovanni Bona war wieder Teil der komplizierten Dramaturgie. Wenn auch recht unfroh. Man hatte ihm als „wildem Mann" die Wolle von schwarzen Schafen auf die nackte Haut geklebt. Selbstverständlich schleppte er wieder einen ausgerissenen Baum herum.

Mir blieb jegliche Albernheit erspart, nur um mit dem Schaupublikum ewig in der Kälte ausharren zu müssen. Der endlose Umzugswurm wollte bewundert sein.

Die Rechnung kam auf der Stelle. Die alte Loxan verkühlte sich derart, dass sie am 13. April aus dem Leben schied.

„Das alte Haus stürzt ein", scherzte sie noch auf dem Totenbett mit Ferdinand.

Mit der stolzen alten Grantl verschwand auch Philippines Kraft. Wusste sie, dass Ferdinand auch mit ihrem Herzen einen Faschingsumzug veranstaltete?

Seit seiner Wiederkehr aus Italien war er verändert. Herzlich zwar, aber von wehmütiger Zärtlichkeit. Eine Frau mit ihren Sinnen spürt so etwas.

Nur einen Tag nach dem Ableben ihrer Beschützerin legte sich Philippine ins Bett.

Als die Schwachheit zunahm, griff Dr. Handsch zu dem ihm gebräuchlichsten Mittel, dem Aderlass. Er schwächte die Patientin noch mehr. Ihre Armbeugen sahen Schnittmustern gleich, als ich ihn mit gezogenem Degen anschrie: „Als nächstes fließt Quacksalber-Blut."

Und der Erzherzog? Stand kalkweiß daneben, als würde sein Lebenssaft verrinnen, und rührte sich nicht.

Schnell ließ ich von einer Magd, die es verstand, Blutwurz und Guajak reiben, um es Philippine mit warmem Wasser einzuflößen. Sie kniff die Lippen zusammen. Verweigerte selbst die stärkende Mandelmilch.

„Es ist besser so", flüsterte sie.

Noch immer verstand ich nicht, wieso sie mir ihre Schriften anvertraut hatte. Trotz meines Hanges zur Indiskretion hatte ich es nicht übers Herz gebracht, Philippine zu berichten, was in Mantua tatsächlich vorgefallen war.

Stattdessen plapperte ich: „Ihr habt noch viel Zeit zum Leben, Madame."

„Zum Leben vielleicht, aber zum Lieben nicht", antwortete sie. „Eine Dame weiß, wann es Zeit ist zu gehen", kam nur noch als Hauch.

Am 23. April, dem Tag des heiligen Georg, bat Philippine dann Pfarrer Gampasser, ihr die Beichte abzunehmen. Auch die letzte Ölung forderte sie, schwach, aber entschlossen bis zum Schluss.

In ihrer Umgebung wagte noch niemand, vom Tod zu sprechen.

Doch aus den Dörfern und Höfen eilten viele Menschen herbei, denen Philippine geholfen hatte.

Sie gab Anweisung, selbst die Geringsten unter ihnen vorzulassen, wodurch es zu bemerkenswerten Szenen kam. Die geheilte Magd aus Wilten hatte ihr zu Ehren das geschenkte Brautkleid angelegt und der Fallsüchtige aus Aldrans schrie: „Jetzt fährt sie in den Himmel auf, die Mutter Gottes."

Als Ferdinand die schluchzenden Menschen dann doch aus dem Krankenlager hinausdrängen ließ, richtete Philippine das Wort an ihn. Er möge ihr verzeihen, wenn sie nicht immer nach seinem Willen gehandelt hätte.

Ihrem Bruder Karl Welser empfahl sie die Sorge um ihre Hofdamen und ihr Gesinde.

Ihren Söhnen legte sie ans Herz, dem Vater nur Freude zu machen. Ein sehr frommer Wunsch.

Mir sagte sie, es täte ihr leid, mir nichts mehr beibringen zu können. Ich sei ein Menschendurchdringer. Und ein Riese, mein Körper wüsste dies nur nicht.

Das Ablasskreuz des Papstes in den Händen ließ sie die Gäste herbeirufen, die Ferdinand zu einer Gamsjagd eingeladen hatte. Darunter Ottheinrich von Braunschweig und Herzog Ferdinand von Bayern.

Es war dieser mächtige Mann, an dessen Hochzeit sie nicht wirklich geduldet gewesen war, der ihr nun eine hohe Ehre zuteil werden ließ. Er zündete ihre Totenkerze an und hielt sie vor Philippines Gesicht.

Ihr Atem deutete eine schwere Reise an, sie schien zu klettern. So, als ob sie ihre Seele über all diese Berge tragen müsste. Es musste vollbracht werden, sie kämpfte, sie lächelte.

Ihr Tod fing an der Nase an. Dort bildete sich ein heller Fleck. Nicht weiß, eher wie Alabaster.

Ich sah ihn zu erst. Unsereins sieht vieles zuerst. Die Frau mit den schönen Nasenlöchern verblich von ihrem bemerkenswerten Organ aus. War dies Gottes Ironie?

Sie, die so viele Jahre ihres Lebens keine öffentliche Frau war, keine öffentliche Ehefrau sein durfte, erhielt dennoch eine letzte Ehre: einen öffentlichen Tod.

Denke ich an mein Ende, so sehe ich im Geiste nicht meine Söhne, sondern meine Neffen als Nachfolger, hatte Ferdinand häufig beklagt. Ein unnatürliches Bild sei dies. Geeignet, einen weniger leidenschaftlichen Vater zu erzürnen.

Ferdinands Wesen bricht in beiden Söhne durch. Mehr als mir lieb ist. Ihre Eifersüchteleien, ihre herrische Ungeduld.

Keiner hat den Geschäftssinn eines Bartlmä, die Güte einer Großmutter Anna, den Schöngeist eines Großvaters Franz.

Ferdinands Sammellust wird bei Andreas zu verschwenderischem, lasterhaftem Müßiggang und seine Waffenliebe bei Karl zu militärischer Hitzköpfigkeit. Am liebsten würde er als Feldherr von Schlachtgetümmel zu Schlachtgetümmel ziehen.

Ferdinand hat sie beide zu Fürsten erziehen lassen, doch sie werden und dürfen nie Fürsten sein.

Schmerzlich war es, Andreas als Kardinalsanwärter nach Rom abfahren zu sehen. Teuer war es, ihn beim Heiligen Stuhl unterzubringen, wo er doch zu nachlässig war, die Priesterweihe zu empfangen.

Noch schmerzlicher war es, von Gläubigern aufgesucht zu werden. Hat er es doch geschafft, in kaum mehr als einem viertel Jahr zwanzigtausend Gulden am Tiber durchzubringen.

Karl hat sich immer leichter führen lassen. Ist auch jetzt noch der Umgänglichere. Ein Bild von einem Mann. Ein Suchender jedoch.

Seine militärische Karriere schwächelt. Ferdinands Cousin, Philipp II., will ihn nicht in Spanien haben und aus den Niederlanden kam er mit einem zerlumpten Häuflein Soldaten zurück, denen er den Sold schuldig blieb.

Auch seine Heiratspläne sind vergiftet: Höfliche Ausreden der Fürstenhäuser. Nebenbuhler, die respektabler sind als er.

Grausam ist es, wenn der Vater zum Nebenbuhler wird.

„Du hast die unlauteren Triebe in diesem sinnlichen Mann gebannt", hat die Loxan einmal zu mir gesagt. Die ehrliche Haut. Sie kannte Ferdinand um Jahre länger als ich.

Mir war er ein musterhafter Gatte. Dreiundzwanzig Jahre lang.

Alles andere will ich nicht wissen. Nicht noch mehr wissen.

Ausruhen.

Das 1. Buch der Könige

Der Rest der Geschichte ist schnell erzählt.

Der Tod seiner Gattin warf Ferdinand aufs Krankenbett. Er hat sie wohl tatsächlich geliebt. Auch gelang es nun niemand mehr, ihn so einfühlsam zu therapieren und zu mäßigen, obwohl er schon am zweiten Tag nach ihrem Ableben die Ärzte Pietro Alexandrini aus Trient und Dr. Friedrich Fuchs aus Ulm zu sich rief.

Dann verordnete er Landestrauer und ließ Philippine im Tod festhalten.

Sie liegt in ihrem schwarzen Sterbekleid auf einem samtroten Paradekissen und ruht sich vom Leben aus. Ein weißer Kragen, dramatisch überdimensioniert, umrahmt ihr Gesicht.

Die Nase erhaben, die Gesichtszüge geglättet. Eine anmutige Frau – immer noch. Eine, die „ich sehe etwas, was mich freut“ als letzte Worte sprach. Dabei blickte sie nicht etwa den Gatten an, sondern über ihn hinaus.

Auf ihrer Brust das päpstliche Ablasskreuz. Riesig. Wird die Ewigkeit leichter, wenn so etwas auf einem liegt? Beide Handgelenke mit blutroten Korallenbändern geschmückt, auch sie sollen das Böse bannen. An ihren Ringfingern ihr Ehering und der ihrer Mutter.

So blieb Philippine gleich doppelt für die Nachwelt bewahrt, denn Ferdinand ließ die Verblichene in dieser Pose vom Kaisergrab-Colin aus einem Block weißen Tiroler Marmors herausmeißeln. Feinster Laaser Mamor. Sie scheint zu einer Wolke erstarrt.

Zwei Jahre zuvor schon hatte er die Silberne Kapelle als ihre gemeinsame Grablege bestimmt.

Einhundertfünfunddreißig Pfund Elfenbein und drei Zentner Ebenholz waren bestellt worden und Hofgoldschmied Anton Ort war eine passable Silbermadonna gelungen. Ein vergleichsweise diskretes Ewigkeitsschlafzimmer für Verliebte, nur wenige Stufen vom üppigen Kaisergrabmal entfernt.

Die Loxan ließ Ferdinand unter der Stiege zur Silbernen Kapelle begraben. Nicht zu Unrecht, denn jahrelang musste jeder, der zu Philippine vordringen wollte, an der wehrhaften Tante vorbei.

Zwei Jahre nach Philippines Tod erleben wir Ferdinand erneut als Bräutigam. Einen feuervergoldeten Hochzeitsharnisch ließ er sich von feinster Hand schmieden mit einem grün befederten Drachenhelm. Wiedergeboren als trojanischer Äneas. Hatte der doch auch seine Gemahlin verloren und fand eine neue, die er schleunigst zu schwängern gedachte.

Ja, mein Herr fühlte sich wie der Stammvater Roms. Jetzt ging es darum, viele Nachkommen zu zeugen, respektable Nachkommen, respektable Söhne, respektable Erzherzöglein.

Er bemühte sich redlich, der dickliche Erzherzog. Ich erspare es ihm und uns, das auffallend bauchige Seitenprofil seiner neuen Heldenverkleidung näher auszuführen.

Bemühen: Das ist das rechte Wort für die Ehe mit der kleinen Gonzaga. Anna Caterina, kaum sechzehn Jahre alt, begegnete den dynastischen Zudringlichkeiten ihres dreiundfünfzigjährigen Onkels mit Frömmigkeit.

Philippines Kritiker hingegen waren geradezu entzückt. Die Jesuiten feierten Dankgottesdienste in Innsbruck und die Tiroler Landstände überbrachten dem Paar einen goldenen Hochzeitspokal, fast so groß wie die Braut selbst.

Die Feierlichkeiten waren eine deutsch-italienische Explosion an Pracht. Der Brautvater und Ferdinand im Überbietungsrausch.

Da die junge Braut nicht in Ambras wohnen wollte und die Hofburg ihr zu unwohnlich erschien, ließ Ferdinand die Ruhelust im Hofgarten zu einem Schloss erweitern und mit den für italienische Prinzessinnen üblichen Belustigungen versehen, mit dem Resultat, dass die Ausgaben für die Hofhaltung um mehr als das Doppelte hochschnellten.

Ein Jahr nach der Vermählung gebar die kleine Gonzaga ein Mädchen, das nach einem halben Jahr verstarb. Dann noch eine Tochter. Der Taufakt für die kleine Maria wurde mit großen Festlichkeiten begangen.

Hinter den Kulissen flehten die Mutter und deren Mutter jedoch jeden Tag auf Knien zum Himmel, dass er ihnen einen Sohn und Enkel schenken möge. Der schenkte ihnen noch Anna – und ließ es damit bewenden.

Ferdinand bekam seinen Sohn dennoch, wenn auch von der Frau des Burghauptmanns der Hofburg Lidl. Es hieß, sie habe den Erzherzog verzaubert.

Verzaubert haben ihn noch viele, sagt der Zwerg. Dafür brauchte es wenig Magie. Die derbe Sinnlichkeit Ferdinands wurde von der Reife seiner Jahre kaum gebremst.

Der Beichtvater der kleinen Gonzaga führte seine Affären auf Versuchungen des Satans zurück. Sie müsse sich noch fleißiger in ihrem Glauben üben, um den Gatten zu erlösen.

Sie gründete das Innsbrucker Servitenkloster, holte Kapuziner in die Stadt, stiftete den Bau des Lorettokirchleins und der Siebenkapellenkirche, veranstaltete Bittprozessionen, machte Pilgerfahrten, sammelte teuerste Reliquien – und ihr Mann ging fremd.

Die kleine Gonzaga konnte Ferdinand weder fesseln noch ihm Schranken setzen. Was ihrer Vorgängerin gelungen war.

Bald fehlten auch mir Philippines mäßigende Hände. Und das strenge Regiment der Loxan.

Ich fand wieder Spaß am Tyrannisieren, was wiederum meinen Herrn ergötzte. „Ganz mein alter Thomele", goutierte er jeden Streich. Den italienischen Hofdamen der Gonzaga streute ich Juckpulver aus Hagebutten ins Bett und präparierte ihre steifen Gewandkrägen damit.

Einer königlichen Delegation aus Spanien goss ich Schellkrautsud in den Honigwein, so dass sie vor lauter Diarrhö sich um das Aushäusl schlugen. „Die haben mir meinen Karl nicht als Feldherr genommen, sollen sie scheißen gehen, die feinen Escorialer samt ihrer Inquisition", sagte mein Herr.

Ich pöbelte, zechte, feierte und verirrte mich zu Huren. Nun, ihr wisst, dass ein Zwerg sich nie wirklich verirrt.

Einmal wollte die kleine Gonzaga aus Ruhelust fliehen. Zu wenig Ruhe, zu viel Lust seien darin. Über ihren eigenen Plan entsetzt, flüchtete sie sich in noch mehr Glaubenseifer.

Bald sollte ich einem noch größeren Lump, als ich einer war, begegnen. Vincenzo Gonzaga, der älteste Bruder der neuen Erzherzogin, machte Station in Innsbruck auf dem Weg nach Prag.

Zur Erheiterung hatte er die Compagnia dei Comici Gelosi dabei, die vor beweglichen Kulissen Possen vollführte. Dabei war Vincenzo doch schon Possenreißer genug.

Schon bei der Begrüßung düpierte er seine kleine Schwester. „Du siehst aus wie ein Fass“, stichelte er.

Ferdinand hielt die Tränen seiner Gattin für Freudentränen.

Wohl hatte sie an Gewicht zugelegt und ihre taillierten, goldenen Prunkkleider für die unförmige spanische Hoftracht abgelegt.

In Innsbruck war Vincenzo allen noch als Spieler bekannt. Und als ausgemachter Betrüger. Auch mir hatte er den Beutel geleert.

Diesmal mühte sich die Gonzaga, ihren Bruder von seinem ausschweifenden Lebenswandel abzubringen. So erfolgreich wie bei ihrem Mann.

Beim Begrüßungsdiner saßen der lustige Tischrat Frank und ich Vincenzo gegenüber.

Ich wollte wissen, ob der Italiener immer noch jedes Spiel gewänne. Dazu machte der Tischrat Gesten, so, als ob er Spielkarten aus seiner Nase und seinem Ärmel ziehe.

Vincenzo spuckte uns beiden ins Gesicht. Als ob dies nicht genug der Beleidigung sei, bewarf uns der zukünftige Fürst von Mantua noch mit Löffeln voller heißer Suppe.

Die kleine Gonzaga hielt sich die Hände vors Gesicht und mein Herr wurde bleich vor Wut.

Man eilte zur Zerstreuung, da an der Tafel keine rechte Stimmung mehr aufkommen wollte. Vincenzo hatte ohnedem das bäuerliche Mahl bemäkelt.

Mein Herr wollte seinen Gast und Schwager mit einer neumodischen Darbietung beeindrucken, wobei Instrumentalmusik und der Gesang von Kastraten einander ablösten. Die hatte seine musikbegeisterte neue Gattin aus Italien beschaffen lassen, zu abenteuerlichen Kosten.

Schon bei der Brautschau in Mantua hatte der alte Gonzaga dem zukünftigen Schwiegersohn einen gewissen Monteverdi aus Cremona empfohlen. Genau dieser sollte nun mit Ferdinands Musikern, den Kapellknaben und einigen Kastraten den Abend retten.

Während Monteverdi mit den Armen herumfuchtelte und die Kastraten ihre weibischen Stimmen an- und abschwellen ließen – ein Thomele hätte dies auch vermocht – und in Frauenkleidern über die Bühne stolzierten, neigte ich mich zu Vincenzo hin:

„Die Suppe war gut“, flüsterte ich.

Nach der Vorstellung traf er mich in einem Gang der Hofburg und schlug mich mit den Fäusten bis zur Bewusstlosigkeit. Ohne ein Wort der Warnung.

Dieser Verwandtschaftsbesuch trieb einen noch tieferen Keil zwischen die Eheleute. Mir hatte Vincenzo die Lust an meinem Beruf gänzlich vergällt. Doch was sollte ein nicht mehr ganz taufrischer Amüsierzwerg fortan tun?

In seinem fünfundsechzigsten Jahr verfiel mein Herr massiv. Er sah und hörte schlecht. Alte Turnierwunden schmerzten und von der Völlerei brachen ihm die

Beine auf. Doch von mir wollte er sich nicht behandeln lassen.

„Ein Stumpen ist keine Philippine“, meinte er. So schnitt Dr. Handsch in Ferdinands faulem Fleisch herum.

Die Gonzaga war jetzt so fettleibig geworden, dass ihr das Gehen und Stehen eine Last war. Ihre Bittprozessionen absolvierte sie meist aus einer sargartigen Sänfte heraus, die eigens ausgewählte Muskelmänner stemmten.

Im Januar 1595 starb mein Herr unter Qualen. Übel riechende Säfte flossen tagelang aus ihm heraus. An Frau und Töchter konnte er kein Wort des Abschieds mehr richten, auch an seinen Thomele nicht. Karl von Burgau und Kardinal Andreas waren gar nicht erst am Totenbett des Vaters erschienen. Ohne Philippines Vermittlungskünste hatten sich die Söhne bald mit dem Vater zerstritten, vor allem der großspurige Herr Kardinal.

Monate nach seinem Tod hatte die Gonzaga Ferdinands Sarg immer noch nicht in die Silberne Kapelle überführen lassen, wie von meinem Herrn ausdrücklich gewünscht, der nahe bei Philippine ruhen wollte.

Das sei eine Sünde, die sie würde büßen müssen, sagte ich zu ihr. Woraufhin sie mich hinauswerfen ließ.

Mein Weg führte in ein Gestrüpp unweit von Böhmen und endete dort. Auch mich will man nicht heimkehren lassen.

Nun ruiniere ich eine geliehene Protestantenbibel mit Erinnerungen, die ich bequemer hätte aufschreiben können.

Immer wenn ich nach dem Federkiel greife, dröhnt das Bierkutscherlachen der Loxan in mir.

„Das Buch des rechten Glaubens verschmierst du, um dich wichtig zu machen, du Affenfurz“, sagt sie.

„Nixe Affefurze, Muckeschisse“, grölt Giovanni Bona.

„Man bringe mir meinen Stumpen!“, befiehlt mein Herr ungeduldig dazwischen.

„Lasst den Wurzelzwerg nur machen, er hat Talent“, sagt Philippine.

„Wer alle Tage Kuchen isst, Pasteten und Kapaunen, der weiß gar nicht, wann Sonntag ist, und kennt nur schlechte Launen“, säuselt meine Mutter auf böhmisch. Endlich ist es mir eingefallen: Ihre Augen waren grün, algengrün.

Doch mir gehen die Worte aus, mir geht die Tinte aus, mir geht mein Leben aus.

Nur noch zwei Tage bis zum Zerreißen.

„Einen alten Zwerg kauft nicht einmal der Teufel“, sagte Zobelbarett heute zu mir mit einem ungewaschenen Grinsen, dabei riss er ein Büschel junges Gras aus und ließ einen Grashalm nach dem anderen über mein Zwergenköpfchen rieseln.

„Dein hässlicher Hut nimmt mir die Sonne“, erwiderte ich.

Dann hieß ich Jost, Bärlauch zu kochen. Vor Tagen erst brachen auch die lindgrünen, krautigen Blätter der Maiglöckchen und der Herbstzeitlosen durch das alte Laub. Man verwechselt sie leicht.

Ein lustiges Süppchen wird das.

Nachwort

Es gibt Frauen, die sich leicht beschreiben lassen. Philippine Welser gehört nicht dazu: Sie war mutig und duldsam, revolutionär und konservativ, schwäbischgründlich und sinnenfroh, bescheiden und prunkverliebt, verehrt und verhasst, mit der Aura einer Heiligen und einer Kurtisane.

Eine seraphische Schönheit voller Widersprüche.

Ihre heimliche Hochzeit mit Erzherzog Ferdinand im Jänner 1557 barg Gefahren für ihr Leben. So verdammte Kaiser Ferdinand I. seinen Zweitgeborenen zu absolutem Stillschweigen über diese Schmach, weswegen die nicht Standesgemäße fast zwanzig Jahre lang als „Beiwohnerin" oder gar Hure verunglimpft wurde. Ihre Kinder waren von der habsburgischen Erbfolge ausgeschlossen.

Der spätere Kaiser Maximilian II. wünschte, „die verdammte Hündin stecke in einem Sack", und hätte sie bei einer so genannten Wasserprobe – ein brachiales Gottesurteil, das der Hexerei beschuldigte Frauen meist mit dem Leben bezahlten – gerne in einem Sack ertränken lassen. Hatte dieses Kräuterweib nicht seinen Bruder verhext?

Tatsächlich war Philippine eine der heilkundigsten Frauen ihrer Zeit. Früchte ihrer bürgerlichen Herkunft als Tochter der heilkundigen Anna Welser und ihres Onkels, des mächtigen Augsburger Kaufmannes Bartlmä Welser, der als „Gewürzgott der Könige" galt. Es gehört zur Tragik in Philippines Leben, dass ihr heilkundliches Wissen das Leben ihres Mannes verlängerte, der sich schon als Jüngling mit Syphilis infiziert hatte, sie selbst aber vermutlich genau daran verstarb. Mit kaum 53 Jahren nach langjähriger Leidenszeit.

Das Leben von Hofzwerg Thomele kennt noch mehr Fragezeichen. Wohl als Tomasz in Böhmen geboren, fixiert ein zentrales Datum sein Leben: Er sprang bei der Münchner Fürstenhochzeit 1568 aus einer Pastete. Für diesen Auftritt als damaliges „Partyhighlight" hatte sein Besitzer Erzherzog Ferdinand von Tirol eigens eine winzige Ritterrüstung schmieden lassen. Der Münchner Hofschreiber Massimo Troiano hielt den „Pastetenspringer" in seinem Bericht über die Hochzeit des Erbprinzen Wilhelm von Bayern mit Renata von Lothringen für die Nachwelt fest.

Ein Gemälde in der Kunst- und Wunderkammer von Schloss Ambras zeigt Thomele in „Lebensgröße". Er steht neben dem Hofriesen Giovanni Bona, auch Bartlmä Bon genannt, und reicht diesem knapp bis zu den Knien. Seine theatralisch inszenierte Winzigkeit misst zirka 65 Zentimeter. Derart puppenhafte Wesen waren „lebendiges Spielzeug" für Adelshöfe, die diese sündhaft teuren Prestigeobjekte eigens von Zwergenagenten beschaffen ließen.

Thomele litt vermutlich am Seckel-Syndrom, einer sehr seltenen Erbkrankheit, mit dem Krankheitsbild von starkem Kleinwuchs.

Als derzeit kleinster Mann der Welt gilt der Nepalese Chandra Bahadur Dangi. „Mit 54,6 Zentimetern der kleinste Erwachsene, der jemals dokumentiert worden ist", so das Guinness-Buch der Rekorde 2012.

Thomeles Schicksal verliert sich im Dunkeln der Geschichte, wie das vieler Zwerge, die, älter geworden, „aus der Mode kamen". Ich habe mich ihm mit mehr erzählerischer Freiheit genähert als der deutlich besser erforschten Philippine Welser.

Der Leser/die Leserin möge mir dies verzeihen und sei an das Zitat ganz zu Anfang des Buches verwiesen.

Unentbehrlich für meine Recherchen – nebst dem Besuch aller Schauplätze – waren wissenschaftliche Aufsätze zu Philippine Welser und Schloss Ambras, die mir die Direktorin von Schloss Ambras, Frau Dr. Veronika Sandbichler, und Frau Mag. Margot Rauch zur Verfügung stellten, denen mein spezieller Dank gilt. Auch Ausstellungskataloge der Ambraser Sammlung, darunter „Philippine Welser & Anna Caterina Gonzaga. Die Gemahlinnen Erzherzog Ferdinands II." oder aktueller „Nozze italiane", und „Splash! Das Bad der Philippine Welser", lieferten profunde Information. Ebenso „Erzherzog Ferdinand II. von Tirol. Geschichte seiner Regierung und seiner Länder", Bd. I. und II. von Joseph Hirn von 1885 und 1888, aber von zeitlosem Wert. Ähnliches gilt für „Des Augsburger Patriciers Philipp Hainhofers Reisen nach Innsbruck und Dresden", herausgegeben von Oscar Doering 1896. Beides findet sich in der Bibliothek des Tiroler Landesmuseums Ferdinandeum, die Mag. Roland Sila kundig leitet.

Zeitaktuelle Lektüre mit Einblicken in das Arzneibuch der Philippine Welser, das über 150 Rezepte enthielt, bietet „Die Heilkunst der Philippine Welser" von Sigrid-Maria Größing. Dort finden sich auch Schmankerl aus Philippines Kochbuch – einem der ersten Kochbücher weltweit. Romanfreunden sei Fanny Wibmer-Pedits „Die Welserin" von 1940 nicht vorenthalten.

„Gartenkunst in Tirol" von Dr. Monika Frenzel und überhaupt ihr allwissender Rat haben mir das Wesen

Philippine Welsers und ihrer Nachfolgerin nähergebracht. Einblicke in die Klangwelten am Hofe Erzherzog Ferdinands verdanke ich Prof. Jutta Höpfels „Innsbruck. Residenz der alten Musik“.

Die opulente Festkultur Erzherzog Ferdinands erschlossen mir Heinz Noflatschers und Jan Paul Niederkorns „Der Innsbrucker Hof. Residenz und höfische Gesellschaft in Tirol vom 15. bis 19. Jahrhundert“ und „Ferdinand von Tirol zwischen Prag und Innsbruck“ von Václav Bužek.

Private Einblicke in die Geschichte des Handelshauses Welser und dessen Wohnkultur verdanke ich Freifrau Dr. Stefanie und Freiherr Georg von Welser. Ihnen sei auch für die ausführliche, wenn auch herbstlich frische Führung durch Schloss Neunhof gedankt.

Wem das Schicksal Thomeles, ja, das Leben von Hofzwergen überhaupt nahegeht, dem sein Gerhardt Petrats Buch „Die letzten Narren und Zwerge bei Hofe“ empfohlen.

Dr. Bernd Müller hat mein Manuskript generalstabsmäßig durchgearbeitet und mir aus Wurzelholz einen Zwerg geschnitzt, der fortan meinen Schreibtisch bewacht. Ein besonderes Dankschön in den Norden.

Meine Mutter Traudel Zeising und mein Mann Wolfgang waren mir jederzeit motivierende Gesprächspartner.

Innsbruck, im Jänner 2013,
Jeannine Meighörner

Jeannine Meighörner
Starkmut
Das Leben der Anna Hofer
196 Seiten, gebunden mit Schutzumschlag
€ 19.95
ISBN 978-3-7066-2439-8

Anna Hofer (1765–1836) ist im Schlagschatten der Denkmäler ihres Mannes Andreas Hofer in Vergessenheit geraten. Als Gefährtin eines Anführers war ihr Los schwerer als das anderer „Kriegerfrauen". Von seinem Triumph fiel kein Glanz auf sie. Seine schwärzeste Stunde – seine Verhaftung – hingegen teilte sie mit ihm. Doch bewies Anna Hofer auch noch über den Tod ihres Mannes hinaus beispiellosen Mut und feste Entschlossenheit.

In eindringlichen Bildern zeichnet Jeannine Meighörner eine Welt voller Widersprüche: zwischen Volksfrömmigkeit und Aberglauben, Männlichkeitsritualen, zerbrochenem Heldentum und einer außergewöhnlichen Liebe.

„Kraftvoll im literarischen Schwung, sicher im Gebrauch der regionalen Mundart, ergreifend in der menschlichen Nähe zu Anna Hofer und ihrer ländlichen Atmosphäre, kulturhistorisch und volkskundlich kenntnisreich verfasst und spannend verpackt."
Dolomiten-Magazin, Helga Reichart

www.loewenzahn.at